Florbela Espanca

O DOMINÓ PRETO

CB078592

A ortografia deste livro foi atualizada segundo o Acordo Ortográfico da Língua Portuguesa de 1990, que passou a vigorar em 2009.

Florbela Espanca

O dominó preto

Clássicos de Bolso

LITERATURA EM LÍNGUA PORTUGUESA

MARTIN CLARET

Ano da primeira publicação: 1931.

CONSELHO EDITORIAL
Martin Claret

EDITORA-ASSISTENTE
Rosana Gilioli Citino

CAPA
Ilustração: Foto de Florbela Espanca, sem referência de data.

MIOLO
Revisão: Ana Paula Luccisano / Márcia Abreu
Projeto Gráfico: José Duarte T. de Castro
Editoração Eletrônica: Editora Martin Claret
Impressão e Acabamento: Paulus Gráfica

Dados Internacionais de Catalogação na Publicação (CIP)
(Câmara Brasileira do Livro, SP, Brasil)

Espanca, Florbela, 1894-1930.
O dominó preto / Florbela Espanca. --
São Paulo : Martin Claret, 2010. -- (Coleção MC
clássicos de bolso : literatura em língua
portuguesa ; 2)

ISBN 978-85-7232-799-2

1. Contos portugueses I. Título. II. Série.

10-08301 CDD-869.3

Índices para catálogo sistemático:

1. Contos : Literatura portuguesa 869.3

EDITORA MARTIN CLARET LTDA.
Rua Alegrete, 62 – Bairro Sumaré – CEP: 01254-010 – São Paulo – SP
Tel.: (11) 3672-8144 – Fax: (11) 3673-7146
www.martinclaret.com.br / editorial@martinclaret.com.br

Impresso em 2010

Sumário

Introdução

O dominó preto: as múltiplas faces do feminino

Fabio Mario da Silva*

Florbela Espanca, no seu *Diário do último ano*, mostra-se, em muitas passagens, como quem procura desvendar um autorretrato mais íntimo da sua "alma" feminina. Ela descreve-se como a "endiabrada bela", a "trouxa de farrapos", a "Napoleão de saias" e a "princesinha". São exatamente essas múltiplas formas do feminino que se encontram nos contos de *O dominó preto*. As personagens femininas ou são as protagonistas[1], como Cristina do conto "Amor de outrora", ou condicionam totalmente as ações dos personagens masculinos, como a costureira de teatro, que arrebata o coração de Joaquim, em "O dominó preto". São

* Mestre em Estudos Lusófonos e doutorando em Literatura pela Universidade de Évora, vem dedicando-se à pesquisa da obra de Florbela Espanca. Também é pesquisador do CNPq, com um projeto intitulado "Aproximações regionais: Alentejo Português e Nordeste Brasileiro — Florbela; romanceiros e romance sergipanos", sediado na Universidade Federal de Sergipe, sob a orientação da profa. dra. Maria Lúcia Dal Farra. É professor-convidado da Universidade de Varsóvia (Polônia), onde ministrou aulas de Literatura Brasileira, Portuguesa e Africana em Língua Portuguesa.

[1] Observe-se que apenas no século XVIII a mulher europeia passa a ser tema central nos romances.

contos que, além de guardarem um certo sentido autobiográfico e intimista, implicam a necessidade de orquestrar o papel dos gêneros na sociedade, sendo essa teatralidade de Florbela, nas palavras de Natália Correia[2], a interpretação genial do mistério feminino.

O dominó preto é o primeiro livro de contos preparado por Florbela, mas foi o último a ser publicado. Apesar de ter dito que só sabia "pensar em versos e sentir em versos", ela escreveu seu primeiro conto, "Mamã", antes dos 13 anos de idade, e até os 33 anos escreveu, possivelmente, mais outros três contos, contidos no caderno-manuscrito *Trocando olhares*: "A oferta do destino", "Amor de sacrifício" e "Alma de Mulher". Foi só a partir de 1927, nos últimos anos de sua vida, que passou a dedicar-se com afinco à publicação de contos. Anteriormente, começara a fazer traduções de contos franceses e decidira organizar um livro de sua autoria, provavelmente *O dominó preto*. Ela escreve, numa carta enviada a José Emídio Amaro, datada de 15/5/1927: "Tenho ultimamente virado toda a minha atenção para traduções e para um livro de prosa em que trabalho e que queria pronto para o ano em outubro; não há tempo, pois, para as musas". Entretanto, um fato, a morte do seu irmão, Apeles Espanca, veio impedi-la. Interrompe a construção de *O dominó preto* para se dedicar à de *As máscaras do destino*, obra em homenagem ao "querido irmão morto", publicada em 1931. E *O dominó preto*, seu primeiro projeto de contos, veio a ser publicado muito tempo depois, apenas em 1982, pela Editora Bertrand. Provavelmente em decorrência de problemas na questão da partilha de direitos autorais, essa editora tenha sido obrigada a esperar que a obra estivesse em domínio público para conseguir publicá-la.

Em *O dominó preto* o discurso que desencadeia as tramas, as intrigas, pertence a personagens femininas, bem ao estilo

---

[2] Natália Correia, "Prefácio — A Diva", in ESPANCA, Florbela, *Diário do Último Ano*, Lisboa, Bertrand, 1981, p. 11.

femme fatale, que são capazes de levar à loucura e ao suicídio os seus anti-heróis. São mulheres multifacetadas, misteriosas, dúbias, dissimuladas, que aparecem em situações inesperadas, como no conto "Mulher de perdição", onde a bailarina francesa Reine Dupré, que o pai de João Eduardo conhecera outrora, ressurge do passado, agora através da filha, que tem não apenas o mesmo nome, mas também a beleza e a profissão da mãe, e encanta, assim, João Eduardo. Essa (fatal) atração, Helena, a moça que os pais de João Eduardo desejavam para esposa do filho, não lhe consegue despertar. O pai do jovem, ao se referir às mulheres modernas, afirma que são "levianas, egoístas, calculadoras, e um tudo-nada ridículas com as suas modas e maneiras masculinas". Para ele, bem como para a sociedade em geral, Helena representa a imagem de mulher ideal: "fresca, pura, meiga, com um esplêndido gênio, com um grande gosto pela casa, sem vaidades ocas nem puerilidades piegas". Enquanto a sedutora bailarina René Dupré ("a mulher da boca vermelha e dos olhos esverdeados") representa o arquétipo de Afrodite, a mulher do mundo/exterior/exposição, Helena surge como construção arquetípica de Maria[3], representa a clausura, a mulher-casa/casa-corpo/resguardo[4]. No verso do manuscrito deste conto, que hoje faz parte do espólio do Grupo de Amigos de Vila Viçosa, encontramos a seguinte anotação de Florbela: "Primeiros ensaios (coisas para aproveitar) ou antes para não aproveitar... Tolices!" Isso nos indica o caráter experimental do conto, do qual temos a impressão de que não foi concluído.

Em "À margem de um soneto", deparamos com a história de uma poetisa que, ao receber um visitante em sua casa, relata ter

---

[3] Em sua dissertação de mestrado intitulada *Vozes femininas: a polifonia arquitípica em Florbela Espanca* (Vitória, Universidade do Espírito Santo, 2009), Renata Oliveira Bonfim analisa em profundidade essa questão.

[4] A casa é a representação mais patente do símbolo feminino, como acolhimento materno e como lugar de confinação e enclausuramento, destinada às mulheres, aquela que zela por sua intimidade.

terminado um soneto[5] que encerrará seu livro. A seguir à leitura do soneto, o visitante conta o caso amoroso de uma romancista brasileira com o Major L., adicionando à sua narrativa a leitura de uma carta desse major, que teria enlouquecido com as várias personagens criadas pela romancista, e estava num asilo de alienados. Mostra-se, neste conto, que um homem que conheça profundamente a alma multifacetada da mulher pode chegar à loucura. É a construção de mais um arquétipo feminino, o de Lilith[6].

No conto "O dominó preto", um pobre rapaz de província, vestido com o seu dominó preto (fantasia de Carnaval, descrita como túnica com capuz), nutre uma paixão avassaladora por uma mulher que consegue, mesmo não tendo um contato direto com ele, determinar-lhe as ações. Vive na esperança de que um dia essa bela mulher volte os olhos e a atenção para ele. A referência ao corpo casto do personagem masculino inverte as posições atribuídas aos gêneros; neste caso é a mulher a mundana, e o homem, o casto.

A personagem Cristina, de "Amor de Outrora", é virgem e casta com "pernas compridas e nervosas de Diana caçadora". Numa situação inesperada, encontra no seu primeiro e grande amor (agora casado e com um filho que a encanta) uma possibilidade de reviver a antiga paixão, apagando a sua face "Diana" e despertando a "Afrodite", que quer saciar seus desejos, bem ao estilo do "romance cor-de-rosa". O narrador assume o papel de intromissor na história e reflete acerca do grande

---

[5] Esse soneto faz parte da obra *Reliquiae*, e se intitula "Loucura".

[6] Segundo Jean Chevalier e Alain Gheerbrant, na tradição cabalística Lilith seria o nome da mulher criada antes de Eva, ao mesmo tempo que Adão, isto é, ela não provém duma costela do homem, mas da mesma terra de onde ele veio. Lilith, a primeira Eva ou a mulher que tentou Adão com a maçã da Árvore do Conhecimento, é figura presente nas mitologias sumeriana, babilônica, assíria, cananeia, hebraica, àrabe e teutônica. É vista, muitas vezes, como demônio, bruxa, escuridão da noite, um espírito livre, mulher sensual profana, comedora de crianças. (*Dicionário dos símbolos, mitos, sonhos, costumes, gestos, formas, figuras, cores, números*, Lisboa, Teorema, 1994, p. 409-10.)

dilema do dever que Cristina tem consigo e com a sociedade: "O dever? Que palavra artificial! E mesmo que deveres tinha ela e para com quem? A sua consciência negava-lhos todos, a sua consciência gritava-lhe bem alto que ela agora só tinha direitos! Que importava o lar desfeito, o lar perdido da outra? (...) Que culpa tinha ela que o Manuel lhe quisesse assim tão doidamente?"

O antepenúltimo conto é "O Crime do Pinhal do Cego", narrativa que gira em torno de um misterioso crime, praticado numa noite de chuva e inverno, cujo mistério só descobrimos quando é revelado pela amante do morto à sua esposa, num combate travado entre amante e esposa — a contradição entre Eva e Afrodite.

Num regresso às suas raízes, Florbela situa o último conto, "O regresso do filho", na região do Alentejo, dando-nos uma ideia da linguagem, da paisagem e dos habitantes típicos dessa região. O conto é construído por meio de uma crítica social, ao narrar a espera, principalmente de um pai, que vê o filho sair da terra natal e ir para a África, girando em torno da problemática da diáspora portuguesa — daqueles que desde a expansão marítima deixavam suas casas, por imposição social ou por promessas de riquezas — e da lamentação dos que ficavam. No Alentejo fica o pai — já velho e louco — sonhando com o regresso do filho, anunciado como morto. O tema da loucura predomina, mas, desta vez, não associado às personagens femininas.

Em todos os contos de *O dominó preto*, exceto em "O regresso do filho" — onde há uma quebra da focalização e tensão da narrativa —, a mulher ocupa um espaço privilegiado. Neles perpassa uma ideia de perversão referente a algumas personagens femininas: "Nestes contos ver-se-á que para um homem a mãe é o melhor modelo, a jovem casta a sua melhor cópia, e a mulher fatal o perigoso escolho a evitar"[7]. Essa ideia

---

[7] "Prefácio", in ESPANCA, Florbela, *O dominó preto*, Contos, Amadora, Bertrand, 1998, p. 12.

concernente ao perigo que as mulheres constituem centra-se no discurso normativo cristão que institui o ônus do pecado original e do sofrimento humano nas mulheres, revelando, intrinsecamente, que a maldade feminina representa um perigo aos homens. Isso nos leva a concluir que, embora Florbela Espanca tenha sido uma mulher que ultrapassou as convenções sociais do seu tempo, seja nas suas atitudes perante a sociedade portuguesa, seja por sua literatura, que quebrou os paradigmas de como deveriam escrever as mulheres, nem por isso deixou de estar presa às representações sociais e maniqueístas do meio em que viveu. Conforme Agustina Bessa-Luis, Florbela escreveu como uma Eva, a sedutora, e viveu como Lilith, a feiticeira, a mulher primeira, que, tendo se evaporado, revive na alma feminina o seu mistério[8].

---

[8] "Prefácio", in ESPANCA, Florbela, *As máscaras do destino*, 2ª ed., Amadora, Bertrand, 1979, p. 9-25.

O dominó preto

Mulher de perdição

I

Clérigos às seis horas, a hora animada da espera dos carros, no meio crepúsculo de outono. Quase tem foros de civilização aquela meia hora do entardecer, passa continuamente gente afadigada, há um vaivém ininterrupto de carinhas gentis, mulheres elegantes que regressam a casa depois da orgia duma tarde de compras, bebês que tudo olham num grande prazer de viver, saída de escritórios, estabelecimentos; tudo isto forma como que uma maré viva de gente, traz um fluxo e refluxo de animação àquela movimentada artéria da cidade. Costureiritas em cabelo, atrevidas e petulantes, olham descaradamente quem passa, há sorrisos, cumprimentos, qualquer coisa de raro, de animado, de um pouco fictício na cidade bisonha, como um sorriso de amor nuns lábios severos; naquele sábado, particularmente, notava-se um maior movimento do que o habitual.

À porta dum estabelecimento, um grupo de quatro homens discutia com entusiasmo os últimos acontecimentos sensacionais. Pouco variada a conversa: a malfadada política, autos, negócios e principalmente mulheres. Sim, principalmente mulheres. Pois de que falam os homens?! Que será que lhes põe nos olhos aquele brilho infernal, nas bocas aquela ruga, mais ou menos acentuada, de cobiça?! A febre dos negócios?... Os sonhos de glória?... Ambições?... Invejas?...

Não! Mulheres, unicamente... Uns metros de seda ou de chita a envolverem um belo corpo de mulher têm, na maior parte dos casos, para eles, maiores atrativos que a conquista dum império. Olham-nas duramente, cruamente, com toda a insolência das opiniões que têm delas. Todas as que passavam eram como mártires deitadas às feras, eram postas em farrapos, com requintes de crueldade, examinadas, analisadas, dissecadas, enquanto os chapéus se lhes elevavam acima das cabeças, curvadas respeitosamente num cumprimento chique.

Um deles, com a autoridade cheia de experiência dos seus vinte e dois anos, lançava pelos vidros duns óculos à Harold[1] olhares esfuziantes duma ironia quase sarcástica. Uma linda cabeça loira de adolescente, de traços acentuadamente ingleses: o queixo quadrado, a boca bem desenhada, olhos bem encaixados, direito, musculoso, dado certamente aos *sports*: Horácio Farper. O outro, molemente encostado à parede, tipo meridional bem português, vestia a linda farda de oficial de marinha; o que nele atraía à primeira vista, o seu principal encanto, consistia na cor nada banal dos olhos e na maneira como olhava: dava a impressão dum olhar de aço, frio, duro, de cintilações metálicas, olhando bem de frente, abertamente, direito ao fim, como um golpe seguro duma boa lâmina. Adivinhava-se naquele homem o domínio de si levado aos extremos e, ao mesmo tempo, no desenho quase feminino da boca, a sensualidade requintada dum fidalgo da Renascença. O terceiro, João Bernardo, um comparsa elegante, rapaz de sociedade, destes que há centenas todos iguais, mais ou menos talhados pelo mesmo banal modelo; bom rapaz, inteligente, mas que o despotismo da vida elegante levara à mais completa e plana das banalidades. Riquíssimo, levava uma vida estúpida, sem curiosidades de espécie alguma. Farper chamava-lhe o *manequim*. O mais velho dos quatro, o Dr. Henrique Souto, cinquenta anos, cético, interessantíssimo, pouco profundo,

---

[1] Refere-se ao ator cômico de cinema estadunidense Harold Lloyd (1893-1971). (N. do E.)

mas conversador brilhante, tendo por flores e mulheres um entusiasmo parecido, um destes entusiasmos que toca as raias da paixão, da mania.

Começou a cair uma chuva miudinha, muito igual, muito serena, dum céu plúmbeo e triste, precursor do inverno. Anoitecia. Os carros iluminados, movendo-se lentamente, faziam lembrar, na tarde que morria, enormes pirilampos a arrastarem-se.

Os quatro meteram-se nos umbrais da porta, mas sem abandonarem o seu posto de observação. De súbito, no mesmo movimento maquinal e respeitoso, os quatro chapéus ergueram-se à passagem duma senhora dos seus quarenta anos que uma deliciosa rapariga acompanhava; num cumprimento discreto, a linda cabeça baixou-se levemente, um suave sorriso, um pouco triste, deu-lhe à boca a curva graciosa duma boquita de bebê amuado; os olhos tiveram um olhar, um só, onde havia tudo o que uma rapariga sabe pôr num olhar quando o dirige para alguém que a interessa; o doce eflúvio acariciou, como o leve gesto de ternura dumas mãos trêmulas, o oficial de marinha, cruzou-se com a lâmina de aço do seu olhar, que galantemente se baixou. Os olhares dos três amigos interrogaram-no curiosamente:

— Conheces? — perguntou Farper.

— Você é extraordinário, João Eduardo, desembarcou e vinte e quatro horas depois... uma conquista, e que conquista! — exclamou o elegante João Bernardo.

— Não tenho esse pecado na consciência; conheço aquela rapariga há anos, conheço-a mesmo intimamente, desde criança. A senhora que a acompanha é uma das amigas mais íntimas de minha mãe. Passam aqui e em Lisboa o outono e o inverno, e o verão nas suas propriedades da Beira. Satisfeitas as vossas curiosidades? — perguntou, voltando-se para os três amigos. — Mas você também a conhece, doutor?

— Perfeitamente, sou médico da casa, mas...

— Mas? — interrogou Farper, com a sua costumada malícia.

— Mas não me interessam as minhas clientes, a não ser monetariamente e patologicamente.

— Ótima teoria, os colegas que ponham aqui os olhos — disse João Eduardo, rindo.

— Oh!! — exclamou de repente Farper.

— Que é? — disseram num sobressalto os três ao mesmo tempo.

— As ninfas descem por acaso do Parnaso num crepúsculo arreliento de chuva miudinha?! Ó deuses imortais! Ó Grécia! Ó Frineia!!

— Está maluco, não há dúvida — pronunciou o Dr. Souto, sorrindo.

— Mas olhem, homens incrédulos, olhem e admirem!

De fato, a mulher que avançava era merecedora do entusiasmo lírico, da ênfase apaixonada de Farper. Era impossível passar despercebida fosse onde fosse, embora a envolvessem farrapos de mendiga. Alta, um desses tipos de elegância moderna, flexível como uma haste, silhueta de graça e de perfeição rara, inesquecível. O chapéu grande sombreava-lhe um pouco as feições que o crepúsculo adiantado e a bruma mal deixavam adivinhar. Num relance, os quatro homens apenas tiveram tempo de entrever o traço vermelho e cruel da boca, como um risco de sangue numa pétala de rosa branca.

— Quem será? — perguntou Farper, ainda de boca aberta.

— É lindíssima, um ar de mulher fatal — disse, de olhos em alvo, João Bernardo.

— Pintura. Pareceu-me velha — proferiu desdenhosamente João Eduardo. — As mulheres fatais, meu caro João Bernardo, já passaram à história, vivem empalhadas nas páginas de Camilo e não correm as ruas num anoitecer de outubro.

— Ó almas cândidas de marinheiros! Pintura! — disse o Dr. Souto, indignado, encolhendo os ombros. — As mulheres que se não pintam, meu idiota, são as feias: acham que não merece a pena.

— Paradoxal — disse, muito pedante, João Bernardo.

— Seja quem for, mistério ou sonho, amo-a. Nunca vi coisa igual. Declaro que é estupenda, colossal, maravilhosa, digna dum trono! — e os olhos de Farper fuzilaram clarões de cobiça através dos vidros dos óculos.

— O que é inegável é que tem um andar de deusa; não é do Porto, com certeza. *Primo*: não a conheço. *Secundo*: as senhoras do Porto não andam assim... É preciso ser duma elegância indiscutível, duma graça a toda a prova para parecer elegante e graciosa debaixo daquele monte de peles. Em geral, as mulheres, sob aqueles bicharocos, têm um ar urso, não acham?

— Bem observado, doutor — disse Farper —, e aquela... parecia uma pantera pronta a dar o salto. Arrebatou-me o coração como uma posta palpitante de carne ainda a latejar!

— Mas que maluco! Vamos embora, já disseste bastantes tolices por hoje — disse João Eduardo travando-lhe o braço; e com um "até logo" jovial e apressado, despediu-se dos outros dois e encaminhou-se com ele para a Praça.

A mesma chuva miudinha, irritante, cortava a noite, que se pusera glacial; as pedras da calçada brilhavam molhadas à luz das lâmpadas elétricas; um automóvel passou, num turbilhão que os salpicou levemente de lama.

— Raio de terra! — resmungou Farper.

— Cala-te, sacrílego! Bendita terra, meu descendente de corsários!... Nenhuma vi que a meus olhos fosse mais linda. Não sei se gosto disto pelas suas qualidades, se pelos seus defeitos; o que sei, é que só aqui me sinto plenamente contente, envolve-me um não sei quê de sereno, qualquer coisa que me embala, como se andasse no meu barco, num mar chão, sem ver mais que terra e mar — disse João Eduardo, falando mais consigo próprio do que com o seu interlocutor. — Tudo aqui me diz qualquer coisa na minha língua, a todas estas esquinas me aparecem fantasmas de coisas de dantes, coisas de vinte e tantos anos, a cada canto evoco as noitadas, sonhos de regeneração, ideais políticos, as grandes infantilidades de então, tudo o que lá vai!

— Negregado poeta! Pareces um velho a rosnar saudades...

— Saudades! Quem as não tem?, diz a cantiga. Tu, não... tu, bárbaro, só tens músculos!

— E sólidos, graças a Deus! Mas onde vamos nós, à chuva, neste passo de sonâmbulos, como se andássemos banhados de luar em noite de agosto, meu extravagante marujo?

— Descobrir terras.

— Não, palavra de honra, cedo-te essa glória: vai tu sozinho que eu vou jantar. A deusa...

— Que deusa? — interrompeu o outro.

— ... deu-me fome. Que deusa?! *Goodbye*, sonhador! — e, numa gargalhada, afastou-se pela rua acima.

— Bom — disse João Eduardo, num ar de desânimo um tanto cômico. — Aqui está o que são os amigos: este tem fome e deixa-me. Vamos jantar também — terminou, encolhendo os ombros e metendo-se num carro que passava.

O carro ia devagar, ronceiro, arquicheio, atulhado de gente até o estribo. Fazia lá dentro um calor de estábulo. Desprendia-se de toda aquela carne um cheiro horrível a suor, um cheiro a roupa molhada posta a secar à boca dum forno. E toda aquela gente se mostrava dum humor inalterável, duma paciência verdadeiramente evangélica, opondo aos apertões, aos empurrões, às calcadelas, a maior coragem e o mais valoroso dos ânimos. Grande povo, que assim resiste a tais cataclismos!

João Eduardo conseguiu, à custa de esforços inauditos e numa luta titânica de todos os seus músculos retesados, meter-se entre uma senhora de proporções avantajadas e uma criadinha magrita e petulante que todo o caminho riu às gargalhadas das graças inofensivas dum operário endomingado, com grande escândalo e muda reprovação da avantajada senhora, que lhes lançava olhares furibundos. Uns cinco minutos de paciência, e o carro parava na paragem que lhe servia.

João Eduardo desceu e começou a subir a ladeira que levava à rua onde era situada a casa onde morava. A chuva continuava, pegadiça, enfadonha, inalterável, caindo em gotas miudinhas, quase em nevoeiro cerrado e glacial. Transido, apertou a gola da capa e pôs-se a caminhar em grandes passadas rápidas, passando-lhe pelos olhos a consoladora visão da casa aquecida, iluminada, onde o esperavam os dois rostos queridos que lhe sorriam sempre à chegada. Quando subiu o primeiro lanço da escadaria, viu logo no espelho, ao alto, encostada à balaustrada de madeira entalhada que rodeava a galeria do segundo andar, a mãe, que, em voz jovial onde vibrava em notas de alegria o mais sentido dos orgulhos por aquele filho, lhe dizia:

— Que noite! Não tiveste frio?

— Frio! — respondeu ele no mesmo tom. — Um marujo habituado às intempéries, um filho de Netuno que tem passado a quarta parte da sua vida de molho, sabe lá o que é frio!

E subindo rapidamente o segundo lanço da escada, que no primeiro andar se dividia, abraçou e beijou a mãe enternecidamente.

— Tens razão; é que eu ainda te vejo garotete de pernas nuas, a tremer de frio por essa escada acima, com as pernitas geladas, em dias como esteve hoje, quando vinhas do colégio.

— Outros tempos! — disse João Eduardo, num sorriso.

Sob a auréola dos cabelos, quase todos brancos, o rosto de D. Laura Corte Real era ainda liso, dum tom de marfim que o tempo amarelecera. Nunca devia ter sido uma beleza, mas os olhos eram ainda belos, claros, vivos, inteligentes, os olhos do filho. João Eduardo, no olhar em que a envolveu, não a viu assim, mas como ela era nesses tempos que acabava de evocar, tão fina, tão distinta, senhora até nos mais insignificantes gestos, tão cheia de adoração pelo filho, que seguira com o mesmo amor, passo a passo, pela vida fora, tão cheia de respeito pelo marido, a quem considerara sempre como o chefe, como um ser superior, um ser à parte que se não discutia e por quem era amada ainda hoje.

João Eduardo abrangeu num olhar satisfeito a galeria deslumbrante, cheia de preciosidades, de dezenas de tesouros sem preço que o pai, um esclarecido amador de coisas antigas, conseguira juntar a pouco e pouco, ao acaso dos seus passeios pela cidade onde nascera e que conhecia como os seus dedos. Afagou num olhar de conhecedor os dois contadores hispano-árabes, as figurinhas de Saxe que lhes cobriam os tampos, os grandes potes de Delft onde agonizavam os primeiros crisântemos.

O salão ocupava toda a parte da frente da galeria, para onde abria por duas grandes portas envidraçadas de vidros coloridos; dos lados abriam-se as portas dos quartos dos donos da casa e dos hóspedes. O quarto de João Eduardo e todos os seus aposentos eram no primeiro andar. Ao fundo, a casa de jantar, enorme, mobilada também à antiga. À direita, o seu olhar foi atraído por uma magnífica cópia do *Angelus* do grande feiticeiro que foi Millet[2], duma tão grande religiosidade, por onde parece perpassar um sopro de fé; teve a impressão de ouvir, realmente, bater as Ave-Marias, ao longe, no silêncio pesado dos campos.

A mãe dirigira-se para a salinha de estar de inverno, um ninhozinho confortável onde passava os dias ao fogão, a ler, a bordar, onde recebia as suas visitas, de preferência ao grande salão, que lhe parecia enorme e menos íntimo. João Eduardo seguiu-a.

— O pai ainda não veio? — perguntou, enquanto se instalava na otomana que ocupava todo um lado da sala.

— Está no seu gabinete. É verdade, ele quer falar contigo antes de jantar. João Eduardo — continuou num tom de grande meiguice —, é ainda a respeito da Helena. É preciso que te decidas de vez; nem eu nem teu pai compreendemos as tuas hesitações. — E, ao ver o filho franzir os sobrolhos com enfado, repetiu com mais firmeza: — Sim, as tuas hesitações. Lembra-te, quando foste o ano passado para a África, nós todos te ficamos considerando como noivo dela.

— Nunca, por palavras ou atos, dei ocasião a isso — pronunciou ele, secamente. — Não percebo...

— Por palavras não sei — interrompeu a mãe —, por atos, sim, meu filho, o que é muito mais grave. Seguia-la por toda a parte, numa intimidade...

— Que as nossas relações de família autorizavam, autorizaram sempre. Nunca lhe disse uma palavra que me pudesse prender o futuro. A Helena continuava para mim a garota de tranças pelas costas, que subia às árvores e me puxava os

[2] Jean-François Millet (1814-1875), pintor romântico, precursor do realismo europeu surgido em meados do século XIX. (N. do E.)

cabelos. E, depois, tenho por ela um grande respeito, para que pudesse ir assim perturbá-la levianamente com promessas que não eram de maneira alguma a expressão dos meus sentimentos por ela.

— Seja assim — pronunciou a mãe, suspirando —, mas o que é certo é que ela gosta de ti, não como uma garota de tranças pelas costas, mas como uma mulher, que a família o sabe, e que eu e teu pai desejamos muito ver-te fazer esse casamento.

— Mas, minha mãe, eu não digo que não venha a casar com a Helena, num futuro mais ou menos próximo. Não me repugna de maneira alguma essa ideia: mas assim, de repente, como quem põe a faca aos peitos duma criatura... Cheguei ontem... Mal a vi hoje na rua, por acaso... Não compreendo essa urgência...

A mãe sorriu, achando graça, apesar da contrariedade que lhe causavam as palavras do filho, à veemência com que ele as proferia.

Calaram-se; ouvia-se tamborilar a chuva miudinha na cúpula envidraçada da salinha aconchegada e quente. A mãe pôs-se a folhear um livro. João Eduardo contemplava, sem as ver, as centelhas que a luz, batendo de chapa, arrancava às joias antigas que dormiam no seu leito de veludo vermelho, numa *vitrine*. A mãe interrompeu, por fim, aquele silêncio, que se tornava pesado:

— A tia Alexandra escreveu hoje a teu pai, dizendo que vinha consultar o seu antigo médico, o doutor Souto, que é com quem se entende: que aproveitaria a ocasião da sua vinda aqui para deixar *definitivamente* assente o doce projeto, que há tanto tempo acalenta, de unir o seu bom sobrinho (palavras textuais) à querida Leninha, de quem é madrinha e a quem quer como filha. Sabes como teu pai toma em consideração todos os desejos daquela irmã e falou-me nisso hoje, manifestando-me a vontade de que pusesses termo a estas coisas que o aborreciam enormemente.

— Mas a que coisas quer o pai que eu ponha termo? — perguntou João Eduardo, já enervado.

Uma criadita bateu discretamente à porta, interrompendo a conversação.

— O senhor doutor pede ao senhor tenente o favor de chegar ao seu gabinete, agora, antes de jantar.

— Vou já — e João Eduardo levantou-se para sair.

— Espera — disse a mãe, puxando-o docemente para si —, não vás zangado, a cólera é má conselheira. Vai decidido a expores a teu pai, sem irritações escusadas mas sem fraquezas nem subterfúgios, a tua vontade, a que ninguém porá obstáculo, tu já o sabes. — E terminou, num sorriso de inefável ternura: — O que nós todos queremos, acima de tudo, é ver-te feliz.

Quando o filho saiu, pegou num trabalho de crochê começado e, enquanto os dedos ágeis iam tecendo os pontos, o pensamento fugia-lhe muito longe, muito para trás, para o passado que sempre lhe fora clemente, que lhe não trouxera a sombra dum desgosto, que fizera dela a mais feliz das raparigas e mais tarde a mais venturosa das esposas e das mães. E o filho, mais que ninguém, lhe ocupara todos os pensamentos, desde pequenino até homem feito, e agora queria cativar-lhe para sempre a felicidade, prendê-lo àquela rapariga que conhecia desde criança, que era boa, amorável e que gostava dele; e com o natural egoísmo e com a inconsciência das mães, desde que se trata dos filhos muito queridos, pensou que o filho ficaria assim com uma das melhores casas da província, reunindo as suas quintas e vinhedos do Douro às vastas propriedades da Beira de Helena de Aguiar. E depois, com a fortuna da tia Alexandra... Esquecia-se de que o destino é só um para cada ser e que ninguém, nem as mães, o podem mudar!

E enquanto ia sonhando e acrescentando os seus pontos de crochê, João Eduardo e o pai conversavam serenamente, enterrados nos vastos *maples* autênticos do gabinete de trabalho do Dr. Corte Real. Este era um homem alto, magro, nada parecido com o filho, que era o vivo retrato da mãe. Imensamente simpático, tinha um ar afável e cortês que lhe ganhara todas as simpatias na sua vasta carreira de magistrado.

— Estes cigarros que trouxeste agora são esplêndidos. O

fumo nem parece fumo, é uma exalação azul que se esvai — disse o pai, indicando com o dedo a espiral de fumo que subia.

— São realmente bons — respondeu João Eduardo, preocupado.

Reinou um longo silêncio. O tique-taque dum relógio, obra-prima do Império, que brilhava no fundo da sala, parecia perseguir os segundos que fugiam.

O pai resolveu-se de repente.

— João Eduardo, a tia Alexandra escreveu, tenho aqui a carta. — Levantou-se para a ir buscar mas, mudando de ideias, tornou a sentar-se. — Não é preciso, diz pouca coisa: que aproveita este teu mês de licença para vir ao Porto abraçar-te, estar contigo alguns dias, consultar o seu médico e...

— Casar-me com a Helena — interrompeu João Eduardo, franzindo o sobrolho.

O pai, sem se desconcertar, respondeu simplesmente:

— Foi tua mãe quem te deu parte dessa última parte do programa?

— Foi.

— E qual é a tua opinião? — e interrompendo o filho que ia falar: — Nota que eu de forma alguma quero impor-te nem sequer a minha maneira de ver. Como pai, tenho o dever de te mostrar o caminho, não egoisticamente, pensando em mim ou mesmo em tua mãe, mas sim com o único fito de te ver feliz. Na carreira que escolheste nem todas as mulheres servem para esposas, foi sempre assim e hoje muito mais do que dantes. Tu deves conhecer muito melhor do que eu as raparigas de agora; comparando-as com a rapariga que tua mãe foi, acho-as levianas, egoístas, calculadoras, e um tudo-nada ridículas com as suas modas e maneiras masculinas. Sim, nem todas! Louvemos o Senhor pelas exceções e agradeçamos-lhe o ter posto uma delas no teu caminho.

— A Helena é realmente um encanto de rapariga...

— Não é? — interrompeu o pai com entusiasmo. — Conhecemo-la de pequenina e sempre assim: fresca, pura, meiga, com um esplêndido gênio, com um grande gosto pela casa, sem vaidades ocas nem puerilidades piegas, enfim a mulher que todos os pais desejariam ver desposar aos filhos.

— Mas eu já disse à mãe que de forma alguma me repugnava a ideia dum casamento com a Helena; mas exatamente porque a coloco muito alto, é que não quero prometer-lhe nada que não possa cumprir de boa vontade.

— Mas não gostas dela, nunca gostaste, ou achas que nunca poderás vir a gostar?

Àquela pergunta precisa, João Eduardo teve um imperceptível movimento de impaciência; dominou-se, porém, e foi num tom quase calmo que respondeu:

— Não é nada disso, meu pai; o caso é que tenho vivido demasiado com ela, conheço-lhe a cor, a tonalidade dos seus sonhos pueris, não tem para mim o interesse... o encanto... enfim, não é aquela que se encontra por acaso, um dia, e que faz dizer à gente: "É ela!" Romance? Será... o que é certo é que é assim mesmo. Coisas que se não podem exprimir em palavras, coisas que o pai não compreenderia, que eu próprio não compreendo bem — rematou, encolhendo bruscamente os ombros.

— Mas...

— Olhe, pai — disse com doçura João Eduardo —, deixe-me pensar este mês; nas vésperas de ir para Lisboa tornaremos a falar nisso. Até lá, deixe-me viver tranquilamente, sem preocupações, gozando as horas destes dias tão esperados, tão sonhados, na vossa companhia.

O pai não respondeu. Contrariado, olhava fixamente o resto do cigarro que, num artístico cinzeiro de bronze, acabava de se consumir lentamente.

O relógio, num timbre claro, bateu compassadamente as oito horas; no mesmo instante bateram à porta:

— Se vossas excelências querem vir jantar?...

— Vamos já — respondeu o Dr. Corte Real, continuando a fixar o cigarro, sem o ver.

— Bem — disse levantando-se —, está bem, falaremos depois, mas não te esqueças, João Eduardo — disse pousando-lhe a mão no ombro num gesto caricioso —, que este é o nosso sonho mais querido, meu e de tua mãe, sem contar com os desejos de tua tia e de toda a família da Helena.

Quando entraram na sala de jantar, a mãe já estava sentada à mesa. Em dependência alguma da casa se via melhor o luxo elegante e de bom gosto daquela esplêndida moradia: ampla, faiscante de pratas, todas dum grande valor artístico, a sala parecia pequena para conter tantas maravilhas. Nas paredes, por toda a parte, flores maravilhosas, dragões, toda a fauna e flora do Oriente idealizadas nos pratos raros da China e do Japão, porcelanas de Delft, faianças do Rato, lindíssimos exemplares dignos dum museu. Duas paisagens de Silva Porto[3] ao fundo. Grandes molhadas de crisântemos rajados de púrpura e ouro ajuntavam ainda a sua magnificiência à magnificiência do ambiente. Uma fruteira de Saxe, rosa-velho e ouro, atraía irresistivelmente o olhar. Numa linda gaiola dourada, de pé alto, que uns crisântemos floriam, dormitava, com a cabecita debaixo da asa, um canário belga dum amarelo pálido e suave.

João Eduardo lançou um olhar circular por toda a casa, um olhar deliciado, acariciou docemente *Mitsi*, que dormia a um canto, enroscado, como um grande e desgrenhado crisântemo de ouro, atirado ao acaso por entre as almofadas. O gato abriu um olho esverdeado, abriu o outro, espreguiçou-se lentamente, fazendo ranger a seda das almofadas e, hierático, solene, retirou-se com uns ares majestosos de paxá.

— Vejo com um prazer sempre renovado e cada vez mais intenso, à medida que me vou fazendo velho, esta nossa sala de jantar. Estão aqui coisas que me recordam as sete partidas do mundo, como dizia dantes a avozinha.

— Falta uma coisa que aqui viste sempre, não notas? — perguntou o pai.

— Não.

---

[3] Diz respeito ao pintor português António Carvalho da Silva (1850-1893), que adotou o nome de Silva Porto em referência à sua cidade natal (a cidade do Porto, em Portugal). (N. do E.)

— Pois eu, sempre que aqui entro, sinto-lhe a falta; aquela deliciosa cabeça de criança que se partiu, não sei como, no dia em que a avozinha morreu.

— É verdade, estava eu no Cairo, era ainda guarda-marinha, há seis anos!

A conversa arrastava-se, sonolenta. João Eduardo comia devagar, sem vontade, absorto. A mãe reparou na sua má disposição e perguntou-lhe:

— Não estás bem?

— Perfeitamente; o que me parece é que estou com sono.

— Sais depois de jantar? A noite está tão má!

— Saio, preciso sacudir-me. Vou ao Modern Club, combinei com o Farper. Estreia-se hoje uma bailarina que vem aureolada duma grande fama, e que se faz pagar por um preço doido. O que não compreendo é como ela consente em se exibir num clube. Creio que se chama Reine, Reine Dupré.

— Reine Dupré? — perguntou o Dr. Corte Real, como que a procurar na sua memória. — Reine Dupré? Espera! Quem sabe se é a filha duma Reine Dupré que eu conheci em Lisboa há mais de vinte anos; sim, não pode ser senão a filha, se isto não é apenas uma coincidência de nomes. Era também bailarina e com um real talento. Tinha, efetivamente, uma filha, uma garota de seis anos, dum encanto raro. Esta gente de teatro, nômadas, hoje aqui amanhã ali, dão realmente voltas extraordinárias para afinal virem às vezes parar ao mesmo sítio. Quem sabe se esta Reine Dupré é filha da outra que eu conheci e admirei há vinte e tantos anos!

D. Laura sorriu e disse maliciosamente:

— Como tu te lembras disso!

— Que queres, minha filha, a memória prega-nos destas partidas: leva-nos a coisas interessantes e deixa-nos as banalidades, os fatos sem interesse. — E voltando-se para o filho: — É verdade, João Eduardo, que é feito do Antero Veloso? Falou-se que tinha morrido em Macau, depois ouvi dizer que se tinha casado com uma americana muito rica, mais tarde que o tinham visto em Lisboa *croupier* num clube?

— Que história movimentada! Parece um romance de

Leroux[4] — respondeu João Eduardo, rindo. — Eu ouvi apenas dizer que se tinha suicidado em Macau por causa duma atriz de cinema, pouco séria, que ele tinha conhecido em Saigon. Parece-me impossível! Demais, a notícia não se confirmou, e eu sempre conheci o Antero como um rapaz perfeitamente equilibrado, sem nervos, senhor da sua vontade. Romance inverossímil! Um homem não se mata por uma mulher, por uma mulher daquelas!

— Às vezes... — disse a mãe com uma certa amargura.

— Inverossímil! A vida é um bem e um benefício. Pode lá destruir-se por uma futilidade, minha mãe!

— Há no entanto mulheres, sereias, que arrebatam os corações sem se saber como — disse a mãe com a mesma amargura.

João Eduardo riu-se; tinha um riso claro, aberto, quase infantil, que formava um estranho contraste com a seriedade quase dura dos olhos de aço, com cintilações metálicas.

— Romance, minha mãe. Eu nunca vi nenhuma!

— Nem eu — respondeu o pai, rindo também.

— Que Deus os preserve!

— A mim ainda vem a tempo! — exclamou o Dr. Corte Real, sorrindo com malícia. — Mais um bocadinho desse delicioso pudim, minha querida Laura, são agora as únicas tentações a que receio sucumbir...

De repente, ouviu-se na sala de jantar o ladrar raivoso dum cãozito para os lados da cozinha.

— A *Petite* a ralhar com o Jau — disse D. Laura, sorrindo. — Pode dizer-se que é uma verdadeira antipatia de "cor". Ela, branca de neve; ele, preto como uma noite de trovões... Todos os dias se dão cenas engraçadíssimas. Às vezes, tem-no bloqueado ou no alto duma escada ou no jardim, em cima de qualquer árvore; senta-se embaixo a olhar atentamente para cima e nem o deixa descer nem lá deixa chegar socorros de

---

[4] Gaston Louis Alfred Leroux (1868-1927), escritor francês, conhecido pela obra *O fantasma da ópera*. (N. do E.)

espécie alguma: nem reforços nem mantimentos... um cerco em regra!

O Dr. Corte Real riu-se muito; tinha imenso gosto na cadelita que oferecera à mulher num dia de anos.

O relógio deu nove horas, num timbre grave de catedral. D. Laura levantou-se, seguida do marido e do filho, e saíram os três para a galeria.

— Sais já? — perguntou D. Laura ao filho. — Chove tanto, agora!

— Espero mais um bocado.

— Podes fumar um cigarro, dou-te licença — disse D. Laura com enternecido sorriso para o filho.

Neste momento, soou a campainha elétrica da porta da rua. Jau apareceu na extremidade da galeria e desceu apressadamente a escada.

— Uma visita! Ponho-me já em fuga! — exclamou João Eduardo.

A porta da rua abriu-se, os três olharam para o grande espelho colocado no alto da escadaria, no primeiro andar.

— Não sei quem é, não distingo bem — disse D. Laura, e entrou na sua salinha, seguida pelo marido e pelo filho.

No mesmo instante, Jau subia a escada e dizia, dirigindo-se ao Dr. Corte Real:

— O senhor doutor Neto pede a vossa excelência a fineza de o receber.

— Manda entrar para o meu escritório.

A mãe e o filho ficaram sós.

— Que perfeição de crisântemos a mãe aqui tem! — disse João Eduardo.

— Têm a cor de certos crepúsculos das nossas serras, não achas? Há tardes de setembro que têm assim esta cor lilás, tocada levemente de rosa e ouro. São todos do nosso jardim.

Enquanto falava, ia acariciando *Mitsi*, que familiarmente lhe saltara para os joelhos. A mão, onde brilhava o anel do casamento e uma grossa pérola cor-de-rosa, ia e vinha devagarinho pela pelagem fulva do gato. Os pés, que sempre tivera pequeníssimos, tinha-os pousado numa almofada de cetim, onde grandes flores prateadas se desfolhavam, maravilhosamente bordadas. João Eduardo contemplava-as fixamente; a mãe seguiu-lhe o olhar e sorriu.

— Estás a olhar para a minha almofada? Um trabalho da Helena e uma obra de arte...

— Não — interrompeu o filho, sorrindo —, estava a olhar para os seus pés.

— Lisonjeiro! — exclamou D. Laura, intimamente encantada.

Neste momento, ecoou de novo a campainha da porta.

— Desta vez é que é! — e João Eduardo levantou-se dum salto.

Ouviu-se no *hall* um murmúrio de vozes femininas. Jau subia a escada acompanhando duas senhoras. D. Laura levantou-se, saiu para a galeria e exclamou alegremente:

— É a Maria de Lurdes e a Helena! Que boa surpresa!

João Eduardo cumprimentava as duas senhoras que tinham chegado ao alto da escada.

— Tive há pouco o prazer de as ver nos Clérigos. Tencionava ir vê-las amanhã. Cheguei ontem... — disse, como que a desculpar-se.

D. Maria de Lurdes, a mãe de Helena, parecia irmã da filha: o mesmo rosto suave, os mesmos cabelos louros, a mesma boquita de bebê. Não envelhecia; D. Laura notou-o, num sorriso:

— Como tu continuas nova, Maria de Lurdes! A custo pareces a irmã mais velha da Helena. Não tens ciúmes, não? — perguntou, dirigindo-se a esta.

— Oh, não! Pelo contrário! A madrinha não imagina como fico contente quando me dizem: "Aquela senhora é sua mãe?! É lá possível!" Gosto imenso!

— Mas a que milagre devo o prazer de as ver numa noite destas? — perguntou D. Laura, entrando na sua salinha de inverno com as duas senhoras e com o filho.

— Um capricho da Helena — respondeu, sorrindo, D. Maria de Lurdes. — Imagina que a meio da tarde lhe apeteceu ir à noite ao Sá da Bandeira. Pois sim... anuí, como sempre. Metemo-nos no automóvel e qual não é o meu espanto quando a ouço dizer-me naquela vozinha meiga que ela arranja para me decidir a qualquer disparate ou para a desculpar de qualquer tolice: "E se nós não fôssemos, mãezinha? Vamos antes à casa da madrinha Laura saber se a madrinha Alexandra sempre se resolveu a vir ao Porto". E aqui estamos.

— Mas foi uma esplêndida ideia que tiveste! — disse D. Laura; e, voltando-se para o filho, disse-lhe numa voz em que transparecia o secreto desejo de o ver mudar de ideias:
— Sempre sais?

O olhar de Helena, o olhar daqueles grandes olhos castanhos muito límpidos, envolveu-o, um segundo, numa carícia tímida. João Eduardo desviou os olhos.

— Sais a pé numa noite assim? — perguntou docemente.

— Tenho pena de o ter prometido. Preferia ficar, mas não é possível.

Helena sufocou um suspiro e calou-se. Contara com a cumplicidade daquela noite fria e chuvosa para o ter junto de si umas horas e, em vez da magia daquele serão que ao seu amor prometera, fora uma decepção que viera buscar. Teve vagamente consciência de o ver despedir-se, sair... E foi como se, de repente, as luzes se apagassem; sentiu a noite, que antes lhe parecera radiosa, envolvê-la na mortalha dos seus mil braços gelados. Um crisântemo deixou cair as pétalas uma a uma sobre o tapete, a *Petite*, a sonhar, rosnava baixinho, e ela sentiu de súbito, ao olhar aquelas coisas que tinham feito o encanto dos seus olhos, uma vontade doida de chorar, invadiu-a uma sensação de estranheza como se as visse transformadas, como se as contemplasse pela primeira vez.

João Eduardo abriu a porta da rua. A chuva tinha cessado, mas a noite continuava escuríssima; aqui e ali, por entre as pedras, pequeninos charcos cintilavam, como punhados de pedras preciosas, ao clarão das lâmpadas elétricas.

João Eduardo caminhava devagar. Os olhos de Helena, aqueles grandes olhos límpidos que o tinham envolvido, um segundo, numa carícia tímida, pareciam interrogá-lo na sombra.

"Sim", respondia-lhes, "é possível que eu venha a amar-vos,

doces olhos eloquentes que me confiastes o vosso segredo, tudo é possível!" E para mãe dos seus filhos, rainha do seu lar, que melhor poderia escolher que a dona daqueles olhos? O coração a pouco e pouco preso naquele enleio de que sempre falaram poetas, caminharia pela vida fora, devagarinho, sossegadamente, com aquela suave cabeça de mulher encostada ao peito, sem medo à vida, sem recear traições nem amarguras, desilusões nem remorsos... e os lábios murmuraram-lhe, sem que ele tivesse consciência disso, vagamente absorto no delinear dum sonho, o doce nome que principiava a amar: Helena!

II

Quando João Eduardo acordou, no dia seguinte, um raio de sol, deslizando pela fresta duma das janelas do quarto, punha um traço dourado no tapete de pele aos pés da cama. Devia estar um dia lindo! Levantou-se e abriu a janela de par em par.

Estava realmente um dia lindo, a contrastar, como que magicamente, com o dia invernoso da véspera. A rua, pouco concorrida habitualmente, mostrava naquele dia uma desusada animação. Vestiu à pressa um fato preto, pôs uma gravata preta e pôs-se à janela a olhar para a rua.

Que lindo dia de Finados! Um verdadeiro tempo de primavera. Verão de São Martinho[5], verão dos Mortos que engana as árvores e as faz florir em vão. Mas, a pouco e pouco, João Eduardo foi-se abstraindo do interessante espetáculo da rua, da gente que passava e, primeiro vagamente, depois com uma singular precisão, pôs-se a recordar os acontecimentos, ou antes, o acontecimento da véspera, a estreia daquela bailarina que era, afinal, a mulher que por ele tinha passado nos Clérigos naquele mesmo dia e que tão grande celeuma levantara entre

---

[5] Expressão usada em alguns países europeus que indica uma sucessão de dias quentes, que ocorrem próximo da data em que se comemora o dia de São Martinho (11 de novembro). (N. do E.)

os seus companheiros, a mulher da boca vermelha e dos olhos esverdeados.

Viu de repente a sala iluminada, as flores aos molhos, aquele ar de animação, aquele aspecto festivo do salão monumental. E a mulher, numa apoteose, que dançava! *Os Milhões de Arlequim*... o vestido curto, aos quadrados brancos e pretos, a *colerette* enorme, aquele arzinho de boneca que um sopro de loucura animasse... Fechou os olhos. Os pezitos brancos voavam pelo estrado e pareciam leves, leves como um par de borboletas em maio! Depois... a *Paixão de Salomé*... o corpo escultural quase nu, a saia curta toda em fios de pérolas, os seios como duas rosas a abrir... e o cenário todo vermelho, como uma grande mancha de sangue que alastrasse... Salomé! Os gestos de paixão, os olhos cruéis, da cor indecisa das opalas, semicerrados, as pálpebras lânguidas... A princesa da Judeia, quando dançou naquele crepúsculo de sangue, devia ter tido aquele olhar de volúpia e de morte. Sacudiu a cabeça num gesto de impaciência e voltou a contemplar a rua, esforçando-se por prender a atenção aos mais pequenos detalhes do espetáculo que se desenrolava na sua frente. Mas em vão! Tornava a reviver as horas feéricas, o corpo branco no cenário vermelho, como uma magnólia que, por milagre, se movesse dentro dum charco de sangue. Reine... Salomé... Passou a mão pelos olhos, encolheu os ombros, riu-se e, para se libertar da obsessão, lembrou-se de ir ver os crisântemos ao jardim.

Num canteiro, parecia ter nevado toda a noite; outro, dum branco levemente azulado, dava a impressão dum campo banhado de luar; outro ainda lembrava o fresco clarão dum alvorecer sobre um tapete de lilases. Havia crisântemos por toda a parte, a flor predileta de sua mãe. E havia-os de todos os coloridos, de todas as formas e feitios, enormes, monstruosos, alguns como grandes bolos de ouro ou de neve, outros em lígulas finíssimas, todos despenteados, em cores indecisas, cores de pedras preciosas, numa riqueza de tons verdadeiramente feérica, como um tesouro de rajás.

Quando João Eduardo, pelas quatro horas da tarde, saiu

de casa, o dia continuava radioso. Apeteceu-lhe flanar pela cidade e meteu-se pela Rua de Santa Catarina, sem destino certo, olhando distraidamente as mulheres, lançando um olhar de relance às montras, reparando nos carros que passavam. Num *Buick* modelo novo, que lhe pareceu lindo, Helena e a mãe. Mal teve tempo de lhes sorrir, o carro passou ·num relâmpago. Rua de Santo Antônio. Apeteceu-lhe chá, um belo chá muito louro e muito quente que lhe desanuviasse as ideias sombrias, nebulosas, apesar daquele belo dia de verão dos Mortos. Uma casa de chá aberta. Entrou. Todas as mesas ocupadas; numa do fundo, um casal. A mulher, costas viradas para a porta, deu-lhe imediatamente nas vistas; elegantíssima, veludo negro e peles. O homem, ao dar com os olhos nele, levanta-se dum salto, precipita-se e, num abraço comovidíssimo, cheio de entusiasmo, sem se importar com as curiosidades que despertava e a reprovação geral por aquela veemência intempestiva, exclamou em voz sonora:

— João Eduardo! Que prazer, meu velho!

João Eduardo correspondeu ao abraço com um não menor entusiasmo, dizendo:

— Antero Veloso! És tu ou a tua sombra?!

A mulher olhava para eles, naturalmente, sem sorrir, indiferente a todo aquele alvoroço. João Eduardo foi o primeiro a ter a consciência da reprovação universal e, sem deixar de sorrir, voltou-se para a companheira do seu amigo num ar de banal amabilidade; mas o sorriso morreu-lhe nos lábios e, enquanto Antero Veloso o apresentava, o seu olhar cruzou-se com aquele olhar de opala que desde a véspera o obcecava. Reine... Reine Dupré.

Ela estendeu-lhe a mão sem luva, fria como um mármore. Estava toda vestida de preto; a grande gola de *skungs* apenas avivada pela mancha clara dum enorme cravo branco.

João Eduardo, enquanto expressava numas breves palavras francesas o prazer de a conhecer, pode vê-la bem, como ainda a não tinha visto. Não era a misteriosa dama que por ele passara na véspera, ao crepúsculo, envolta no seu casaco de peles caras, deixando apenas ver, num relance, o traço vermelho da boca e a brancura imaculada dum bocadinho de pele. Nem a Salomé da noite anterior, quase nua, trágica e voluptuosa no cenário sangrento dum palácio da Judeia. Era apenas uma mulher, uma mulher como as outras... mas linda, linda como nenhuma! Não a julgara tão linda, branca como um cetim pálido, levemente rosado, os cabelos muito escuros, quase negros, muito lisos, a emoldurar-lhe a face de camélia, e os olhos, olhos de Ofélia[6], suaves, cândidos, duma ingenuidade que o traço vermelho da boca, um pouco grande, delgada e cruel, desmentia.

Continuando a sorrir, fez-lhe em francês a pergunta obrigatória, o que é costume perguntar-se a todos os estrangeiros: Gosta de Portugal? Do Porto?

Antero Veloso, que não cessara de dar mostras da mais viva alegria, disse-lhe:

— Podes falar português, Reine fala-o correntemente; viveu em Portugal até os quinze ou dezesseis anos.

— Efetivamente, falo o português, não correntemente, como Antero diz — pronunciava "Anthéró", numa ligeira acentuação francesa — mas faço-me compreender um pouco.

A voz era grave, velada, como o som que produziria um cristal que um véu finíssimo cobrisse.

— Não admira, por isso, que goste de Portugal; aqui passei os mais belos anos da minha vida, e os mais tristes também. Minha mãe morreu em Lisboa. O Porto não conhecia, e o pouco que conheço acho interessante, um pouco severo talvez, triste, sem vida... não é?

— Exceto hoje, com este lindo dia! — exclamou Antero na sua voz jovial. — Parece que anda toda a população na rua. A romagem da saudade (para falar pomposamente, como os artigos de fundo dos grandes diários) torna-se assim mais cômoda e mais fácil, e os crisântemos duram mais tempo nos túmulos de que ninguém se lembrará amanhã.

---

[6] Refere-se à personagem da peça *Hamlet*, de William Shakespeare (1564-1616). (N. do E.)

— Não é tanto assim — observou João Eduardo para dizer alguma coisa.

— A hipocrisia humana é um abismo sem fundo...

— Continuas pessimista, pelo que vejo, mas antes isso do que morto, como te davam as crônicas. Ainda ontem à noite meu pai esteve a falar em ti, deplorando o mistério que rodeava o teu desaparecimento. É realmente uma ressurreição!

E o seu olhar, um pouco irônico, deslizou furtivamente para Reine, que, tranquilamente, tomava o seu chá a pequeninos goles.

João Eduardo, que entrara ali unicamente para tomar chá, esqueceu por completo essa intenção; o cérebro, de novo obcecado pela imagem fascinante, esquecia-se de tudo a contemplá-la, bebendo o seu chá a pequeninos goles, misteriosa e banal como qualquer mulher, mas linda, linda como nenhuma que até então tinha visto! E quantas lhe tinham passado por diante dos olhos, quantas tinha desejado, possuído, em tantos países, a cada instante da sua vida! Nunca, até aquele dia, se sentira assim perturbado, por nenhuma fora arrastado naquela embriaguez, quase à primeira vista, quase sem poder resistir àquele enleio que o alheava de tudo, ele que mal a conhecia, tão refratário, por princípios e por temperamento, a todo e qualquer domínio.

Mas a voz de Antero Veloso, voz jovial e sonora, respondendo à sua frase, arrancou-o ao seu penoso cismar.

— Uma ressurreição, é boa! — e o seu olhar, como o de João Eduardo, deslizou sobre Reine, imperturbável. — Deixa-me pagar isto e vamos embora. Tencionava ir ao Repouso, com Reine. Vem conosco! — e, voltando-se para Reine, que parecia a cem léguas de tudo, disse-lhe num ar de súplica: — Não é de mais, pois não?

Reine lançou a João Eduardo um olhar profundo das suas pupilas de opala, o traço vermelho da boca alongou-se num sorriso, e deixou tombar languidamente a palavra banal, a palavra mágica que havia de decidir do seu destino:

— Não...

Fora, o céu continuava puro e sem nuvens. Antero ia contando a sua odisseia. Reine, calada, olhando com a mesma serenidade fria, e como que desprendida de tudo, os seres e as coisas que com ela se cruzavam. João Eduardo mal ouvia o que lhe diziam; aqui e ali, uma frase incoerente, sem sentido: americana... barco encalhado... pretas magníficas...

A odisseia desenrolava-se... um murmúrio de vagas, ao longe, sobre os rochedos da costa...

João Eduardo só tinha olhos para Reine. Tinha razão o Dr. Souto: como esta mulher sabia andar! Um grande felino a mover-se. Desprendia-se de toda ela um não sei quê de voluptuoso, feito talvez da harmonia dos movimentos, da esbelteza do corpo flexível, do andar elástico, fremente, deslizante como o duma fera...

Na Praça tomaram um automóvel.

— Cemitério do Repouso — ordenou Antero ao *chauffeur*.

E, no carro, continuou a falar, expansivo, jovial, feliz por aquele encontro que lhe satisfazia as manias de confidência que, aliás, fazia sempre a toda a gente, a torto e a direito.

O auto parou à porta do cemitério e meteu-se na longa fila à espera dos fregueses para o regresso.

Meteram-se os três pela alameda do meio. Dum e doutro lado, desde os mausoléus ricos em mármores até as humildes campas rasas, tudo desaparecia sob uma verdadeira carregação de flores. Todas as que o outono dá: miudinhas rosas tardias, salva rubra em cachos, cosmos simples, singelas flores de pobre até as begônias raras, mas principalmente crisântemos, crisântemos brancos em pequenos raminhos ou aos molhos, às mãos-cheias, numa profusão quase fantástica. O campo da morte era um campo de flores; poder-se-iam ceifar como espigas numa rica planície alentejana.

Reine olhava curiosamente em volta. O olhar deteve-se-lhe numa pequenina campa rasa ao rés da parede, perdida e nua entre o esplendoroso tapete multicolor; nem uma simples florzinha no meio da erva, e era uma campa de bebê, tão pequenina e estreita como teria sido o berço...

Reine, lentamente, desprendeu da gola de *skungs* a mancha pálida do cravo enorme e, piedosamente, depô-lo à cabeceira do pequenino abandonado. Antero, ao ver o gesto, sorriu com um ar irônico, como se adivinhasse a *mise-en-scène*[7]. João Eduardo sentiu uma comoção inexprimível subir-lhe à garganta, como um soluço, e estrangulá-lo. Aquela prova de sensibilidade prendera-o mais e mais depressa àquela mulher do que o não saberiam fazer as frases mais entusiásticas e mais comoventes. Os olhos de opala, sempre serenos e frios, desviaram-se da pequenina campa e foram pousar ao longe, indiferentes.

Antero, inesgotável, continuava a declamar. As grandes frases do costume, em resposta a outras grandes frases também habituais, subiam em girândola, atropelavam-se-lhe confusamente nos lábios, umas atrás das outras, sem que Reine parecesse prestar-lhe a mínima atenção, nem que João Eduardo lhe conseguisse achar o fio, perdido como andava no princípio dum sonho que repentinamente lhe varrera do espírito todas as ideias, expulsando-as, como uma rajada de vento expulsa as primeiras folhas murchas, em certas tardes de outubro! "Hipocrisia humana... mortos... esquecidos...", e só no fim do longo discurso, a uma observação de Reine, entrou no mundo real. Ela dizia, na sua doce voz grave:

— Sim, entre todos estes mortos há decerto alguns que, pelo muito que sofreram, mereciam aos homens a suprema misericórdia de os deixar dormir em paz.

Era banal a frase, ouvira-a já talvez, mas, dita por ela, engastou-se-lhe na memória como um esmalte de cores vivas numa parede escura.

Ela dizia: dormir em paz!... E um arrepio percorreu-lhe o corpo todo. Não! Dormir, não! Viver! Viver é que ele queria!

Há no mundo tanta coisa bela que merece ser vivida! E entre elas: embriagar-se, perder-se, palpitar, vibrar, sentir, de encontro a um corpo de mulher. E há lá nada mais lindo que um corpo de mulher! Subia-lhe ao cérebro uma súbita embriaguez de todos aqueles perfumes, de todas aquelas

---

[7] Expressão francesa que significa encenação. (N. do E.)

flores, do dia que morria radioso ainda. Vinha-lhe um desejo indomável de animar, de fazer vibrar aquela mulher nova e linda que a seu lado caminhava, serena como uma estátua e fria como uma pedra tumular.

O dia arrefecia já. Reine puxou para o pescoço a grande gola de peles. Seguiram a multidão que desfilava, encaminhando-se para a saída.

Meteram-se novamente no automóvel, que os levou para o centro da cidade. Reine ia calada, Antero, cansado de falar, calara-se também.

Era já noite quando chegaram à Praça. O céu enchia-se de estrelas, miudinhas, brilhantes, como gotinhas de água.

— Para onde vais tu agora? Já que tive a sorte de te encontrar não te queria largar assim tão cedo. Vem comigo até o hotel acompanhar a Reine e vem jantar comigo — disse Antero, dirigindo-se a João Eduardo.

— Não, obrigado. Fico contigo até as oito, mas janto em casa todas as noites. Consegui uma licença pequeníssima.

— Quantos dias? — perguntou Antero.

— Quinze; exclusivamente dedicados à família.

— Bem, não insisto. Grande Hotel — disse Antero, voltando-se para o *chauffeur*.

O carro pôs-se de novo em andamento; uns minutos depois, parava em frente da magnífica fachada deslumbrante de luzes.

Reine desceu e entrou no *hall*. O porteiro, respeitosamente, entregou-lhe alguns cartões, uma carta lacrada, e informou-a de que um ramo de cravos, que chegara para ela, tinha já sido entregue à criada de quarto.

Reine lançou um olhar vago aos diferentes envelopes que tinha na mão e voltou-se para os dois homens que a pequena distância conversavam.

Estendeu a mão a Antero, que lha apertou, depois a João Eduardo que, respeitoso, se curvou, beijando-lha.

As pálpebras baixaram-se rapidamente, velando os olhos de opala, um sorriso misteriosamente irônico ergueu-lhe um pouco os cantos da boca que o lápis avivara, um frêmito imperceptível fez-lhe tremer a voz um pouco arrastada, com uma leve acentuação francesa, ao dizer:

— Espero que voltaremos a ver-nos. Às quatro e meia recebo aqui de bom grado todos os meus amigos.

João Eduardo não disse uma palavra. Seguiu-a com o olhar até vê-la desaparecer como uma sombra, muito esguia e muito negra, no alto da escadaria.

— Vamos dar uma volta — disse Antero e, tomando-lhe o braço, encaminhou-se para a porta. — A história desta mulher é muito simples — começou ele. E, perante o olhar estupefato de João Eduardo, não pôde conter uma gargalhada. — Estás morto por a saber e eu, como bom amigo, vou ao encontro do teu desejo, aproveitando, de passagem, a ocasião de te dar um bom conselho. Nada mais simples, como vês... De resto, a história, a parte que me não é estranha, pelo menos, conta-se em duas palavras: Reine nasceu e viveu em Portugal até os dezessete anos. A mãe morreu em Lisboa, era bailarina e foi a primeira mestra da filha. Ao morrer, a pequena foi viver com uma tia, irmã da mãe, bailarina também. É uma dinastia, como vês... Passado um ano ou dois, mistério! Reine é reservada e eu pouco curioso...

Iam pela Rua de Santa Catarina acima. Passava gente, gente conhecida, que os cumprimentava. João Eduardo não reparava em coisa alguma, não notava ninguém. Impassível na aparência, escutava a confidência num tremor, com o coração a bater-lhe como a querer sair-lhe para fora do peito, perscrutando a fisionomia daquele homem que (tinha esse pressentimento!) estava a pôr em cena, no primeiro plano da sua vida, a mulher que lha havia de encher toda!

— ... encontrei-a em Paris há três anos pela primeira vez, num *music-hall* qualquer. Era a grande atração e, realmente, a única coisa interessante que lá havia. Fiz-me apresentar, mandei-lhe flores e propus a minha candidatura, que foi aceite, com uma certa dificuldade (devo dizê-lo em abono da verdade) e depois dum autêntico cerco, dum cerco em forma. No entanto, sei, tenho a íntima convicção de que, apesar de não ser banal, Reine é como muitas mulheres da sua categoria, nem melhor nem pior. Três meses depois estava farta e, depois duma cena realmente desagradável, fugi de Paris, resolvido a nunca mais me lembrar que existia uma Reine Dupré sobre a superfície desta terra, onde eu tinha a firme intenção de continuar a divertir-me e a sofrer por outras Reines, parecidas com essa de quem fugia. Devo confessar-te, porém, que me custou a esquecer; se há sereias, aquela é uma...

Tinham chegado à esquina duma rua que se abria ao lado, como uma grande sombra que se alongasse. João Eduardo, como um animal ferido que procura a escuridão para sofrer à vontade, internou-se nela, arrastando o seu amigo, que continuava:

— Nunca mais soube dela até que, há um mês, de volta do Oriente, a fui encontrar no clube mais chique de Barcelona. O sofrimento que me causara tinha-se esvaecido há muito, diluído no mar de todos os sofrimentos que a gente arrasta atrás de si, pela vida fora.

Um elétrico passou por eles, todo iluminado, na escuridão da rua. Antero, que tropeçara numa pedra, calou-se de repente e decidiu-se a voltar para trás.

João Eduardo continuava calado, as duas mãos metidas nos bolsos, os olhos abertos nas trevas da rua. Não queria analisar-se, não queria penetrar dentro de si, nem compreender até que ponto era espantoso e cheio de inverosimilhança aquele sofrimento que o esfacelava. Às palavras de Antero, via num relâmpago, como num *écran*[8], perpassar-lhe pelo cérebro, que uma sobre-excitação espantosa confundia e desnorteava, a longa fila de casacas negras que tinham desejado e possuído Reine. Cerrou os dentes, como para conter um grito. Antero continuava:

— Nessa mesma noite, ceei com ela e com uns magnatas da alta finança que a acompanhavam por toda a parte. Não tive nem o tempo nem a curiosidade de me certificar até que

[8] Tela, em francês. (N. do E.)

ponto ia aquela intimidade com um deles, que era o mais velho e o mais rico de todos. Sei apenas que o luxo dela era principesco, muito maior do que tem agora. Comecei a conviver com ela outra vez. Era de todos os passeios, de todas as festas, mas mais nada. O passado morrera e estava bem enterrado; nem ela nem eu tínhamos desejos de o desenterrar, recordando-o. Nunca trocamos uma palavra sobre semelhante assunto. Se não fosse profanar esta doce palavra diria que vivi com ela como se vivesse com uma irmã. De resto — disse ele depois dum curto silêncio —, acho-a mudada, tem no olhar qualquer coisa, uma expressão de ingenuidade, que não tinha, e se não lhe visse a boca, que é sempre a mesma, era capaz de me enganar ainda!

João Eduardo, ao passar por uma lâmpada elétrica, puxou pelo relógio.

— Já passa das oito. Deixo-te.

A voz era natural; nela, nada parecia vibrar. Ouvira uma história, uma história lamentável como há muitas. Ouvira falar duma aventureira elegante, nada mais... História que infelizmente se repete, que ele conhecia a cada passo... E a estes pensamentos de calma, de naturalidade, próprios do homem que ele era ainda há dois dias, respondeu-lhe a surda tempestade que regougava dentro de si, como um rio que transbordasse em revolta, arrasando tudo, destruindo tudo à sua volta.

Despediu-se apressadamente de Antero, combinando encontrar-se com ele dali por duas horas no clube, e afastou-se num passo apressado por uma rua lateral, que era o caminho mais curto para sua casa. E, quando se viu só, sem receio de olhares importunos e indiscretos, decidiu-se a encarar frente a frente com o fantasma que trazia agrilhoado dentro de si. E, impaciente, cheio de cólera, interrogava-se sinceramente, sem fraquezas nem subterfúgios. Que tinha ele feito da sua bela impassibilidade, daquele domínio de si, que era a sua força e o seu orgulho? Pois quê?! Era bem ele, ele, João Eduardo, aquele idiota que se consumia num desespero sem razão nem explicação plausível por uma mulher, uma mulher que ele, como todos os homens, não estava habituado a tratar a sério? Por uma cabotina, uma aventureira que mal conhecia? Por uma sereia que só vivia daquilo: de os prender, de os amordaçar, de os perder, para com todas aquelas paixões amassar o ouro de que tirava todo o seu luxo infame?

E, no silêncio da rua, riu-se com o seu belo riso, que magicamente expulsou para longe os fantasmas. Tinha passado a casa, voltou para trás e, mais calmo, pensou: "Não, decididamente, esta mulher é perigosa, há nela um não sei quê de diabólico, fluido ou coisa que o valha, que pode ser a mancenilha dum pobre rapaz que se julga esperto e pode não passar dum tolo. O melhor é desaparecer por uns dias e tratar de pensar noutra coisa".

Esquecia-se de que o amor vem à sua hora, e de que é ele quem escolhe essa hora, e não nós. Esquecia-se também de que não são as grandes qualidades, as virtudes superiores, que inspiram as grandes paixões; seria demasiado simples... Por ter passado incólume tantos anos, através de tantas aventuras, salamandra que nenhuma labareda tocara ainda, julgava-se invulnerável. Estava na idade perigosa: os trinta anos. Aquela mulher atravessara-se-lhe no caminho à hora propícia, à hora que o destino escolhera, e ele podia rir, encolher os ombros, vestir a sua cota de malhas de aço, expulsar os fantasmas, chamar em seu auxílio outra imagem, a visão duma criança cândida e risonha que o amava, que tudo seria em vão! Uns olhos de opala tinham-no enfeitiçado e aquele olhar de pedra preciosa, fria e impassível, não o largaria mais!

Como de costume, foi Jau quem veio abrir-lhe a porta, acompanhado pela sua irreconciliável inimiga. João Eduardo, ao entrar, viu a escadaria toda iluminada, toda florida de crisântemos como para uma festa. Jau, na sua linguagem entaramelada, tentou contar uma história de telegrama. Maria, que aparecera no alto da galeria, explicou:

— A senhora dona Laura e o senhor doutor foram a São Bento, ao comboio das sete e quarenta, esperar a senhora dona Alexandra; o telegrama chegou pouco depois de o senhor tenente sair. A senhora dona Laura mandou atrasar o jantar para as oito e meia; não devem tardar. Vem também jantar a senhora dona Maria de Lurdes e a menina Helena.

— Está bem — disse João Eduardo, dirigindo-se para a salinha de inverno.

Sentou-se na poltrona azul-saxe onde sua mãe se sentava habitualmente, encostou-se às almofadas e estendeu a mão para um volume encadernado de cretone, como todos os livros de sua mãe, e começou a ler na página que uma faca de papel em ouro e esmalte marcava. Era um livro de Duvernois[9]: *Morte la Bête*. Leu, ao acaso, umas linhas: "J'avais besoin d'elle... C'est magnifique... C'est abject aussi... besoin d'elle[10]!..." Sentiu um choque no peito, como se o coração lhe acordasse em sobressalto. Deixou cair o livro das mãos. Levantou-se e, maquinalmente, deu volta ao comutador. Uma claridade difusa insinuou-se pela porta de vitrais que separava a sala da galeria iluminada.

---

[9] Henri Duvernois (1875-1937), romancista, roteirista e dramaturgo francês. (N. do E.)

[10] Em francês: Eu precisava dela... É magnífica... Também é desprezível... necessidade dela!... (N. do E.)

À MARGEM DUM SONETO

A poetisa, vestida de veludo branco e negro como uma andorinha, estendeu a mão delgada, onde as unhas punham um reflexo de joias, ao visitante que surgia à porta da salinha iluminada.

As grandes flores dos cretones claros davam ao pequeno aposento um ar alegre de festa íntima. O irradiador aceso espalhava por todo ele uma temperatura deliciosa. Nas paredes, pratos da China preciosos; uma praça de aldeia cheia de sol, de Alberto Sousa[1]. Aqui e ali, espalhados por colunas e mesinhas, os sorrisos amigos de meia dúzia de fotografias. Três jarras enormes, ajoujadas de camélias brancas, puríssimas, lembrando, na sua gelada perfeição, exangues flores de cera.

Lá fora, a tarde de novembro desdobrava-se em véus lutuosos, encostava-se às vidraças como cortinados de burel pardo, opacos e pesados. O mugido das sirenas rasgava as sombras do crepúsculo em gemidos lamentosos, carregados de desolação e tristeza.

— Sabe? Fechei hoje o meu livro de versos...

E num sorriso radioso:

— Com um belo soneto!

---

[1] Alberto Sousa (1880-1961), ilustrador e aquarelista português. (N. do E.)

O sorriso dele tornou-se mais caricioso, deu-lhe maior luminosidade aos olhos sérios, distendeu-lhe as linhas duras da boca de lábios finamente desenhados.

Sentou-se na cadeira que ela lhe indicava, circunvagou pela salinha, acolhedora e íntima, um olhar satisfeito e murmurou:

— Diga.

A poetisa concentrou-se, fixou os olhos num ponto do espaço, num olhar já vago como afogado em sonho e, docemente, numa doce voz macia e triste, começou, enquanto desfiava num gesto inconsciente as grandes contas do seu colar cor-de-rosa:

Tudo cai! Tudo tomba! Derrocada
Pavorosa! Não sei onde era dantes
Meu solar, meus palácios, meus mirantes!
Não sei de nada, Deus, não sei de nada!

Passa em tropel febril a cavalgada
Das paixões e loucuras triunfantes!
Rasgam-se as sedas, quebram-se os diamantes!
Não tenho nada, Deus, não tenho nada!

Pesadelos de insônia ébrios de anseio!
Loucura a esboçar-se, a anoitecer
Cada vez mais as trevas do meu seio!

Ó pavoroso mal de ser sozinha!
Ó pavoroso e atroz mal de trazer
Tantas almas a rir dentro da minha!...

Um longo silêncio... As sirenas mugiam lá fora, cada vez mais lamentosas e mais tristes. Uma camélia desabou de repente, numa chuva de pétalas sobre o tapete.

— Então? — pronunciou a poetisa, baixinho.

E a voz dele, comovidamente, murmurou:

— Como você é dolorosa! Dir-lhe-ia bem o nome de irmãzinha das dores. Nos seus olhos parece caber toda a tristeza deste mundo, a sua boca é já um belo verso doloroso e a sua voz é a própria dor em música...

E repetiu o último terceto:

> Ó pavoroso mal de ser sozinha!
> Ó pavoroso e atroz mal de trazer
> Tantas almas a rir dentro da minha!...

— *La beauté est douloureuse*[2]... já o disse Anatole[3].

Fez-se de novo um grande silêncio, que a voz dele quebrou subitamente:

— Esse soneto com que você vai fechar as portas douradas do seu belo livro, soneto que a explica e que ao mesmo tempo a envolve, faz-me lembrar um caso que muito me interessou nesta minha última peregrinação pelos hospitais de Paris. Se não receasse entristecê-la, contava-lho.

— Conte — respondeu ela simplesmente, estendendo-lhe a mão, que ele beijou.

— Recorda-se da romancista brasileira que um dia me apresentou naquela festa em casa de seus pais? E do major L., que por ela se apaixonou nessa ocasião? Sabe que se casaram em Paris, há uns dois anos? Pois bem, é deles que se trata, ou por outra, dele. Fui encontrá-lo num hospital de alienados em Paris, este verão.

E perante o olhar interrogador dela:

— Não sabia? — e noutro tom: — Dá-me licença?

Puxou da cigarreira, escolheu um cigarro, que acendeu, e principiou:

— Como deve recordar-se, aquela paixão deixou completamente assombradas todas as pessoas das relações de ambos. Ela era feia, nada elegante, não sabia vestir-se, e ele, pelo contrário, era um rapaz adorável e um dândi. A explicação, quanto a mim, é tudo quanto há de mais simples: aquela feia

---

[2] Em francês: A beleza é dolorosa... (N. do E.)
[3] Anatole France (1844-1924), escritor francês. (N. do E.)

era inteligente, tinha o talento, o espírito e a graça, e sobretudo o encanto duma imaginação extraordinária, palpitante de vida, apaixonada e colorida, sempre variada, duma pujança assombrosa como as profundas florestas da sua pátria brasileira. Pois foi precisamente essa imaginação que o apaixonou, que acabou por o endoidecer...

— Não vejo em nada disso o meu soneto...

Ele interrompeu-a, numa fingida impaciência:

— Não seja mulher, você que o é tão pouco. Espere...

A poetisa sorriu e esperou que ele continuasse, voltando a desfiar, num gesto maquinal, as grandes contas do seu colar cor-de-rosa.

— Um dia, pouco depois de se casarem, ele começou a ter umas ideias bizarras. Começou a vê-la desdobrar-se, a descobrir-lhe, através de todos os seus romances, as almas diversas que eram dela e que ela ocultava dentro de si. Curioso, não é? Naquele romance *Alma Branca*, viu-a imaculada, ingênua, fria e longínqua. Viu-a, com as mãozitas estendidas, manter o amor a distância, com um olhar de pavor. Viu-a passar no mundo, inacessível e sagrada, entre filas respeitosas de homens que nem ousavam cobiçar a sua imaterial beleza. Viu-a morrer, virginal e sorridente, numa cama do tamanho dum berço, onde o peso do seu corpo cavara um ninho de andorinha. Viu-a depois, naquele outro romance *Flor de Luxo*, ardente e sensual, rubra flor de paixão, endoidecendo homens, perdendo honras, destruindo lares, cortesã gananciosa cheia de vícios, toda manchada de impurezas. Viu-a, no seu outro romance *As Mãos sem Nada*, cética e desiludida, irônica, desprezando tudo, desdenhando tudo, passando indiferente em todos os caminhos, fazendo murchar todas as coisas belas, plenas de entusiasmo e exaltação, com o seu hálito gelado, mal as suas mãos lhes tocavam. Viu-a assassinar a irmã em *Cláudia*. Viu-a mentir, mentir dia e noite só pelo prazer de mentir, em *Vida Inútil*. Viu-a beijar doidamente o amante doido na *Paixão de Maria Teresa*.

"Que mulher era então ela? Que mulher era aquela mulher? Que mulher era a sua mulher? Quantas mulheres tinha ele?...

E então, quando a possuía, via a outra, a de alma branca, estender as mãozitas trementes para o afastar, com um olhar de pavor; quando lhe dava um beijo de ternura, um doce beijo de amigo, via-lhe na boca o sorriso da *Flor de Luxo*, via-lhe os lábios pintados entreabrirem-se, rubros, no seu sorriso de cortesã; quando a ouvia discutir uma obra de arte, uma bela ação, um rasgo sublime de generosidade, no calor de qualquer emoção espiritual, logo pensava: 'Mas se ela não crê em nada?!' E assim via-a mentir a todas as horas, toda ela era uma mentira viva; a sua carne feita doutras carnes, a sua alma onde se debatiam mil almas, aparecia-lhe simbolizada numa hidra de mil cabeças, de mil corpos, de mil almas!

"E, a pouco e pouco, começou a fugir dela, a ter-lhe medo. Espreitava-lhe o menor gesto, todas as expressões, as mais leves, da fisionomia. Via-a sempre mascarada e já lhe conhecia as máscaras uma a uma.

"Aquele sorriso era da Cláudia, quando cravava as unhas no pescoço da irmã, quando a via morrer sob a pressão dos seus dedos. Aquele olhar vago era o olhar, entre irônico e desdenhoso, da que não crê em nada, da desencantada da vida. Aquele rápido bater de pálpebras servia a Cláudia para velar o fulgor do olhar quando o amante sorria à irmã, na penumbra do jardim das murtas. Aquele gesto era um doce gesto de Angélica, quando erguia as urnas pesadas das túlipas nos solitários de cristal. Era assim que Salomé levantava as ondas revoltas dos cabelos, pesadas como um elmo de ouro maciço, naquele mesmo gesto de voluptuoso cansaço. Maria Teresa mordia as pétalas das flores assim mesmo, quando o amante pousava nela, brutal como uma carícia de fauno, o olhar que a despia...

"E vinham-lhe à lembrança cenas inteiras dos romances dela, que ele revivia, que misturava à sua vida, sem conseguir destrinçar, por fim, a verdade da ficção.

"A mulher passou com ele dois anos desgraçados, dois anos miseráveis, pavorosos!

"Quando a estreitava nos braços, debruçava-se-lhe no olhar, como quem se debruça no parapeito dum abismo onde marulha o mar, para ver... mas só lhe distinguia a espuma branca dos sonhos, a água negra marulhava lá mais para o fundo... E então, desiludido, apavorado, chorava em altos gritos a miséria de não saber quem era a mulher que possuía, quem era a mulher que era dele!

"Chamava-lhe Angélica e queria-a sempre vestida de branco com uma gola afogada de tule branco, como a outra; Maria Teresa, e queria-a de veludo negro com o cabelo liso em franja sobre a testa: chamava-lhe Cláudia e cobria-a de joias, obrigava-a a andar com os dedos carregados de anéis, grandes colares de contas ao pescoço, os braços apertados em rígidos braceletes de escrava; Salomé, e punha-a meia nua, impudica, de revoltos cabelos frisados, de negros olhos alongados em dois traços até as fontes.

"Se a ouvia rir, seguia-lhe a música do riso, num ar de profunda concentração. Quem se teria rido?... De quem seria aquela gargalhada?... Angélica não se ria nunca, morreu novinha, com os seus lábios virgens dum riso... Salomé ria mais alto, as suas gargalhadas rasgavam o silêncio como punhais... Cláudia só sabia sorrir... De quem seria aquele riso?...

"Se a ouvia falar, espiava-lhe o movimento dos lábios, com a atenção de quem decifra um enigma de que depende uma vida. Que mentira dissera ela, a mulher mentirosa?... Que frase de gélida nostalgia murmurara ela, a mulher desiludida?... Que mistério de volúpia segredara ela, a mulher cortesã?...

"E ele, como se chamava ele? Quem era ele? O amante de Maria Teresa, que a vestia toda de cor-de-rosa, quando a vestia de beijos?... Ou aquele conde luxurioso e brutal que possuía Salomé num tapete de peles fulvas como um leão a leoa?... Ou aquele estudante apaixonado e romântico que lia Musset[4] e se levantava de noite para tocar ao piano noturnos[5] de Chopin?...

---

[4] Alfred Louis Charles de Musset (1810-1857), poeta, dramaturgo e novelista do século XIX, representante do Romantismo francês. (N. do E.)

[5] Composições musicais inspiradas ou que evocam a noite. (N. do E.)

"Nos seus momentos lúcidos, cada vez mais raros, chorava doidamente, com a cabeça no regaço da mulher. Ela amava-o, tinha pena dele, consolava-o, tranquilizava-o, como se sossega uma criança doente. Por fim, ficou completamente louco; tiveram de o encerrar numa cela de doidos. E foi lá, minha doce poetisa e amiga, que eu o fui encontrar numa radiosa manhã do verão passado."

A poetisa não quebrara ainda o encanto do seu gesto. As contas do grande colar cor-de-rosa continuavam a passar-lhe pelos dedos brancos e delgados. O seu olhar, enevoado de lágrimas, vagueou um momento pela sala, prendeu-se ao brilho fulgurante da campânula do irradiador e ali ficou, como que hipnotizado.

— Tenho aqui uma carta — prosseguiu ele —, umas frases sem nexo que ele escreveu e que me entregou, para eu entregar à mulher, no dia em que o fui visitar. Quer que leia?

Ela disse que sim com a cabeça.

— Maria: expulsa as outras todas e fica só tu. Não queiras tantas bocas no teu rosto que eu tenho medo de ti. Monstro com tantos nomes, dantes chamavas-te só Maria. E eu? Como é que eu me chamo, minha mulher...

A poetisa interrompeu-o de súbito, pondo-lhe docemente a mão na boca.

— Cale-se...

Os olhos, afogados numa bruma de lágrimas, procuraram o olhar sério que, ao encontrá-los, se dulcificou num olhar de intensa ternura.

As camélias brancas iam deixando cair as pétalas imaculadas sobre o tapete, onde parecia ter nevado. As grandes flores dos cretones claros pareciam querer imitá-las, mais lânguidas agora, mais abertas, como que por milagre embriagadas de aromas pesados. Despediam um brilho mais suave as cores amortecidas das porcelanas, nas paredes. Os sorrisos das fotografias eram mais ausentes, mais vagos, nos cantinhos onde a luz do candeeiro não batia.

Lá fora, a noite de novembro rasgava os seus véus de luto para que o frio luar de inverno enchesse de prata os caminhos obscuros. Tinham-se calado, no porto, os mugidos lamentosos das sirenas. Na sala só se ouvia o ligeiro ruído que as contas cor-de-rosa faziam ao bater umas nas outras sob os dedos da poetisa, como na areia da praia as conchas que o mar arrasta...

Então, no silêncio pesado duma misteriosa e dulcíssima emoção que os envolvia, ergueu-se lentamente a voz dele, recitando o último terceto:

Ó pavoroso mal de ser sozinha!
Ó pavoroso e atroz mal de trazer
Tantas almas a rir dentro da minha!...

— E... não tem receio... de endoidecer?... — murmurou a poetisa, como que a medo, ao esvair-se na penumbra a última sílaba do verso.

A estas palavras, pronunciadas numa vozinha triste e cheia de desalento, ardeu-lhe nos olhos sérios uma chama de alegria, o sorriso aberto que lhe rasgou os cantos da boca, de linhas duras, fez-lhe brilhar na sombra o esmalte são dos dentes. Debruçou-se para ela, como se lhe estivesse gravando na alma as palavras que murmurava:

— As almas das poetisas são todas feitas de luz, como as dos astros: não ofuscam, iluminam...

As camélias iam-se desfolhando todas, a pouco e pouco. Ela sorriu, abanando tristemente a cabeça:

— Poeta!...

E ficaram ambos a escutar o ruído das pétalas sobre o tapete, que caíam como gotas de água no silêncio.

O Dominó Preto

Havia já mais de oito anos que andava atrás dela. E só agora conseguira que ela se resolvesse a ouvi-lo. Há tantos anos, santo Deus! Ainda ele estava moço na mercearia da Rua dos Olivais, ainda nem sonhava que lhe haviam de dar sociedade na casa, nem tinha amealhado os seis contos de réis que tinha agora na Caixa Geral dos Depósitos, já gostava dela, já gostava de a ver passar, pisando no seu passinho grácil e desenvolto a calçada de pedras pontiagudas. Os gritinhos que ela dava quando punha o pé em falso, o pé de boneca calçado de sapatinhos de verniz com saltos de palmo e meio! E quando entrava na loja! O cubículo escuro, sujo, feio, era de repente um grande salão feérico todo cheio de luzes, deslumbrante de asseio, bonito como nenhum. O pobre caixeirito, de mãos deformadas pelas frieiras, de larga cara bonacheirona e ingênua, ridículo no seu fato de cotim de mangas demasiado curtas, de cabeleira encrespada e sobrancelhas hirsutas, ficava a olhar para ela, esquecido do que lhe tinham pedido, vendo apenas na sua frente a boca fresca e os olhos gaiatos da rapariguinha risonha que, sem piedade, troçava dele constantemente. Mas que lindo riso o dela! Muito aberto, muito sonoro, enchia a casa de trilos de pássaros, mostrava-lhe os dentes todos muito sãos, muito brancos, e toda a boca por dentro, muito cor-de-rosa como a polpa carnuda e sumarenta dum morango acabado de colher numa manhã de primavera.

No banco da avenida, sob a acácia já cheiinha de folhas,

noite escura, o Joaquim entretinha-se a passar religiosamente as contas do seu rosário de recordações, doces e amargas recordações dos longos anos que passara atrás dela, inutilmente, mendigando sem se cansar um bocadinho de amor que matasse a fome e a sede ao seu corpo de adolescente casto que nunca se atrevera a seguir uma mulher pelas ruas escusas, pelos cantos misteriosos, quando a cidade cúmplice fecha os olhos e finge que dorme.

Sempre gostara daquela, daquela só, e um dia — já lá iam dois anos! — enchera-se de coragem e dissera-lho. A gargalhada que ela lhe dera na cara! Tinha-a ainda nos ouvidos, aquela divertida e escarnecedora gargalhada que lhe fizera chegar as lágrimas aos olhos.

Ele era um pobre diabo, mas queria-a, queria-a como sabem querer os rústicos das suas montanhas, queria-a com todo o ardor dos seus vinte anos, cheios de seiva como um chaparro novo, queria ganhá-la custasse o que custasse, embora tivesse de andar de rastos atrás dela a vida inteira. Tinha tempo! E assim fez: trabalhou sem descanso e sem desalento meses e meses, todos os dias do ano, quer de inverno quer de verão, mal luzia o Sol no alto até noite fechada, sem domingos nem dias santos. Mal pago e mal alimentado, mourejou e fez vontades, foi servo de toda a gente, com a tenaz ideia fixa encasquetada a martelo no estúpido bestunto, sem querer saber de mais nada, não dando conta do que ia pelo mundo, do que se passava para além do encardido balcão de pinho, onde lhe ia correndo a mocidade, agrilhoado ao trabalho como um escravo.

O patrão, com o andar dos tempos, deu finalmente por ele, observou-o, e um belo dia, deitando contas ao lucro que podia tirar duma boa ação, mandou-o ensinar a ler. À noite, depois da loja varrida e tudo arrumado, que o patrão não se ensaiava para lhe pregar dois murros bem puxados, o rapazito descia os dois degraus que fazia comunicar a lojeca com a úmida toca onde dormia. Ah, se as paredes pudessem falar! Um coto de vela a arder sobre a única cadeira de pau e, sentado na cama de tábuas, as mãos crispadas nos cabelos rijos, cabelos de fome, a cabeça tonta, doido de sono, o pobre lá ia decifrando as letras, soletrando, juntando as sílabas, estudando a lição para o outro dia, à custa de esforços desesperados e duma força de vontade que nenhuma força poderia vencer. Quando compreendia, a larga cara bonacheirona iluminava-se-lhe num sorriso que, entre aquelas quatro paredes, onde as aranhas teciam tranquilamente as suas teias de seda e prata fosca, era por si só um belo milagre de amor! É nestas almas simples que o amor é mais puro e mais forte. O manancial de águas claras, que na planície vai matar sedes e reverdecer os campos, jorra do seio das duras pedras das montanhas em sítios agrestes, longe e alto!

Uma noite, ao estudar a lição, deu com o nome dela: "Maria". Soletrou-lhe as duas sílabas, de olhos arregalados, boca aberta, num êxtase, e os grossos lábios, subitamente, sem ele saber como, foram pousar-lhe no livro roto e cheio de nódoas, sobre as sílabas mágicas, enquanto as lágrimas lhe saltavam dos olhos e os soluços lhe enchiam o peito. Esteve mais de meia hora a soletrar-lhe o nome: "Ma-ria", a olhar para as letras, sinais cabalísticos que queriam dizer tudo o que ele tinha para dizer, traços que faziam surgir, como varinhas de condão, um mundo de coisas boas, de coisas que ele nem sabia por que eram tão lindas e tão boas!

E assim foram passando os anos. A pouco e pouco foi subindo, juntando dinheiro, à custa de se privar de tudo, de economias insensatas, ia-se matando; mas conseguira juntar seis contos de réis, que tinha na Caixa, que eram bem dele, só dele, e alcançar sociedade na casa, sociedade que também lhe dava um lucrozinho certo que não era nada para desdenhar...

E o Joaquim ria-se baixinho com um riso feliz, no seu banco da avenida, debaixo da acácia já cheiinha de folhas, onde os pardais dormiam muito encostadinhos uns aos outros por causa do frio. Já tinha com que lhe pôr a casa, um quarto ou quinto andar numa casinha acabada de construir, numa rua sossegada e limpa, que ele tinha já debaixo de olho, ali para os lados do rio. E não ficava muito longe da mercearia... poderia ir e vir todos os dias a pé, para poupar o dinheiro do elétrico...

Uma mobília de quarto, de guarda-vestidos com portas de espelho... um aparador de pedra mármore... cadeiras de palhinha e um canapé para a sala... uma casa de luxo sólido, de coisas boas, que ele tinha dinheiro e não se importava de o gastar todo. Para a vida, lá se iria ganhando, e nunca havia de faltar à Maria: o casaco de pelúcia, o seu vestidinho de seda de vez em quando e os sapatos de verniz para sair à rua... Nada!, que ele não a queria ver feita uma pobretona, de xale pelas costas e lenço na cabeça. Havia de ser uma senhora, mais linda e mais bem posta que algumas feitas à pressa que ele via por essas ruas, a fingir que eram uma grande coisa... A sua Maria havia de ter tudo o que ela quisesse e, para começo, já amanhã lhe iria comprar aqueles brincos compridos de pedras azuis que tinha visto na ourivesaria ao lado e que tão bem deviam ficar-lhe, a balouçarem-se na pontinha rosada da orelha, naquele gesto que ela fazia com tanta graça, a dizer que "não"... pois que ela tinha-lhe dito sempre "não", "não" e "não", a marota! Sempre, a todos os seus rogos, a todas as suas promessas, a tudo o que fizera para a captar, para a seduzir de há oito anos até... até ontem. Ah, ontem!

E o Joaquim via na noite escura brilhos de lua cheia, escancarava a boca até as orelhas num largo riso silencioso. Ontem!... E o Joaquim fechava os olhos esverdeados que luziam como os de um gato bravo no ardor do desejo, no triunfo de a sentir finalmente conquistada, finalmente muito sua, depois de tantos torvos anos de miséria e de angústia, depois de por ela ter passado fome e frio, depois de a ter querido como sabem querer as almas simples e rudes, na persistência da ideia fixa, invencível e tenaz, encaixada no cérebro branco como silva agarradiça de moita brava.

Ontem!... E o Joaquim via a rua mal iluminada do bairro pobre, a gente que passava afadigada, carregada de embrulhos, gente do povo, gente humilde de volta a casa depois de um dia de fadiga, os elétricos cheios, num grande ruído de ferragens, tim, tim... tim, tim... ladeira abaixo; via-a a ela, com o seu xalinho de ramagens berrantes, a sua blusa clara onde luzia o ouro duma medalhinha de Nossa Senhora da Conceição;

ouvia-lhe o riso garoto cheio de reticências, evocador de carícias proibidas e desejadas, o riso que às vezes lhe fazia vir à ideia coisas em que seria melhor não pensar.

Pobre rapariga! Ia agora fazer caso das coisas que lhe diziam! Não tinha sido nem uma nem duas vezes que lhe tinham dito mal dela; as referências que lhe faziam não eram nada boas, lá isso não! Que não era séria, que não tinha mesmo juizinho nenhum, que o não queria a ele mas que talvez quisesse outros, que andava metida com gente de teatro, que mais isto e mais aquilo, enfim, um ror de coisas que às vezes o entristeciam. Nada tinham poupado para lhe fazerem perder aquela cisma, para o arredarem daquele fado em que o viam andar há anos, mas tudo tinha sido em vão. Podia lá acreditar uma coisa daquelas! Mentiras! Más palavras de má gente! Invejas!... E o Joaquim cerrava os punhos num gesto de rancor. A sua vontade era esganar toda aquela gente que dizia mal dela, cortar-lhes a língua aos bocados como a blasfemos sem honra nem vergonha que se atreviam a pôr a boca numa orfã honesta e trabalhadora. Costurava para o teatro, era verdade, e então? É por acaso algum crime trabalhar, ganhar a sua vida, a triste côdea e o direito duma telha que a abrigasse do frio e da chuva?! Má raça! Gente mais ruim!...

Mas agora, no banco da avenida, deitando para trás das costas os maus pensamentos, o Joaquim era feliz, era amado, estava à espera dela, que tinha prometido vir: "Às dez horas lá estarei, no primeiro banco à direita de quem sobe, um pouco acima do Avenida, lá estarei, espere por mim, sem falta".

Logo ao anoitecer fora para lá, não fosse a ela dar-lhe na cabeça ir mais cedo ou ele ter ouvido mal. Talvez ela tivesse dito às oito horas, já se não lembrava bem. Ele estava como doido! Não era admiração nenhuma ter trocado as horas, ter-se enganado. Ah, ontem!... Sabia ele lá bem de que freguesia era, ao ouvir-lhe dizer, pela primeira vez na sua vida, que sim, que iria falar com ele, combinarem a sua vida, trocarem as suas promessas, falarem de amor. De amor!...

Numa tremura, como se estivesse com uma forte sezão, tateou o banco onde ela, dali a pouco, se sentaria ao lado dele, mãos nas mãos, olhos nos olhos. A sua Maria! Os pensamentos no seu cérebro zumbiam como abelhas ao sol; não podia seguir o fio de nenhuma ideia; era como se tivesse dentro da cabeça um novelo de fio de ouro, emaranhado, num torvelinho, num rodopio, enrolando-se e desenrolando-se, bordando vertiginosamente visões de sonho, demasiado belas, demasiado douradas para que os seus pobres olhos de simples as pudessem ver sem ficar deslumbrados. Pobre morcego de olhos piscos no resplendor dum meio-dia a arder em sol!

Mas já deviam ser horas. É verdade, que horas seriam? Esteve para ali amodorrado, a falar sozinho, sem prestar atenção a coisa alguma, em riscos de ela passar e não a ver. Tateou no bolso do colete o grande relógio de prata. Ao puxar por ele, para ver as horas, as mãos enrodilharam-se-lhe no dominó preto que vestia. Sorriu, satisfeito. Mais um capricho do demônio da rapariga, que era levadinha da breca! De que ela se havia de lembrar? Como era Terça-Feira Gorda...

"Leve um dominó preto, com um laço azul no ombro, para o conhecer. Havemos de nos divertir muito!" E ele fizera-lhe a vontade, pois é claro! Mirou-se complacentemente de alto a baixo: o dominó de cetineta preta que lhe chegava quase aos pés, comprido como sotaina de clérigo, o farfalhudo laço de seda azul sobre o ombro... Tal qual ela havia dito...

O Joaquim ria, mas, ao ver as horas, o sorriso gelou-se-lhe repentinamente nos lábios. Teve um sobressalto como de quem acorda com um encontrão. Dez horas e meia! Que estaria ela a fazer que não chegava? Já teria passado? Enquanto estivera para ali a cismar, era capaz de ter passado por ele sem ter dado por isso. Murmurou aflito: valha-me Deus! Levantou-se, lançou em torno um olhar esgazeado. Na avenida, a fila ininterrupta dos autos continuava a desenrolar-se. À porta do Avenida, estacionava ainda um grupo palrador; gente corria à sua vida, aos seus prazeres, ao seu destino; duas mulheres passaram por ele numa grande algazarra, rindo muito, fazendo grandes gestos. Pensativo, contornou o maciço de flores vagarosamente, deu mais uns passos para cima, mas, lembrando-se de repente de que ela podia chegar e ir-se embora sem o ver, voltou a correr para o banco.

Mas, afinal, que tolice estar assim a afligir-se por uma demora de meia hora! A rapariga era séria, que diabo! Não ia agora duvidar dela, da sua boa-fé! O dito, dito. Era ter paciência! Isto de mulheres, nunca estão prontas a horas; é mais um alfinete para aqui, mais uma besuntadela para acolá, mais um laço, mais uma fita... e para largarem o espelho é o cabo dos trabalhos!... E, à doce visão da sua Maria a enfeitar-se para ele, a ver-se ao espelho para lhe parecer bonita a ele, o coração dilatou-se-lhe num suspiro de consolo, e um sorriso radioso entreabriu-lhe novamente os lábios que o sofrimento contraíra.

Agitou-se no banco, envolveu-se melhor no dominó, que a noite ia-se pondo fria, e resolveu esperar com resignação. Passou, porém, uma hora, duas, e ela sem aparecer... A inquietação mordeu-lhe novamente a alma... Por que não viria? Onde estaria àquelas horas da noite?...

Continuavam a passar autos, continuava a passar gente, e ela nada! Nem sombras dela sequer!... Ele bem olhava para todos os lados, bem perscrutava, de olhos muito abertos, as trevas lá no fundo, por onde ela havia de vir. Nada!...

As luzes do Avenida cegavam-no, fechava os olhos para as não ver. A inquietação, a angústia, a mortal aflição dos que esperam sem esperança corroíam-no lá por dentro como chumbo derretido. E o pobre, no meio da multidão folgazã duma noite de Entrudo[1], tremia como se estivesse num deserto sem vivalma, sem gota de água ou folha de palmeira povoando a imensidade desolada e tétrica, até os confins do horizonte, até o fim do mundo!

O polícia de giro, adivinhando do que se tratava, deu uma volta em redor do banco e seguiu, sem lhe dirigir a palavra. Um perdigueiro novo, preto como azeviche, veio rebolar-se na relva a dois passos dele, dando latidos de alegria por se ver solto. Filho-família com tinetas de boêmio conseguiu, com as suas cabriolas, arrancá-lo por um instante aos seus

---

[1] Festa popular, equivalente ao Carnaval. (N. do E.)

lancinantes pensamentos. Estendeu a mão para o acariciar, mas o cãozito, esquivo e desconfiado, fugiu-lhe e perdeu-se nas pesadas sombras duma rua ao lado.

Que horas seriam?... Viu outra vez o relógio: três horas! Ela já não vinha! Era impossível!... Que estava ele ali a fazer naquele maldito banco, sozinho?... Num supremo esforço de toda a sua vontade, retesou os músculos, levantou-se. Um homem que ia a passar recuou assustado, ao ver de súbito na sua frente aquele fantasma negro; depois de passar, olhou ainda para trás, curioso. O polícia de serviço, que já não era o mesmo, perguntou-lhe desabridamente o que estava ali a fazer, há que tempos, naquele banco. Num humilde sorriso, que mais parecia um esgar de choro, respondeu-lhe, esforçando-se por dar ao seu todo um ar pândego, que estava à espera duma rapariga para irem cear, para festejarem a Terça-Feira Gorda... O polícia, satisfeito com a explicação, piscou o olho, indulgente, e seguiu à sua vida. Ele tornou a sentar-se. Podia ser, podia muito bem ser que ela viesse ainda. Ainda não era tarde! Podia ter adoecido... Mas a estes enganos com que pretendia iludir-se, o pobre coração, que era como uma chaga em sangue dentro do seu peito, revoltava-se num sobressalto das suas últimas energias, numa náusea de nojo perante a perfídia imerecida. Ah, Maria, Maria!

Era então verdade todo o mal que diziam dela, todo o mal que lhe tinham dito! Sem vergonha, sem juízo, sem consciência, passava a vida a desgraçar homens, a desgraçada! Mas então a sua casinha, a sua casinha nova na rua limpa e sossegada, as suas economias, todos os seus sonhos, toda a sua vida?! Que seria feito daquilo tudo, santo Deus?! Ah, a mentira, a ilusão de todos esses miseráveis anos que tinham passado, o escárnio de engano que tinha sido o ar que respirara, o pão que comera a viver para ela, a trabalhar para ela, a sofrer por ela! Não a teria nunca, nunca! Não lhe saberia nunca o gosto à boca, àquela boca de tentação, vermelha e úmida como um cravo a abrir!

Soluços violentos faziam-lhe estalar o peito, a emoção apertava-lhe a garganta em tenazes de ferro, caíam-lhe as lágrimas em fio pela cara abaixo. Na sua grotesca humildade era um espantalho desprezível. Mascarado, ridículo, lavado em lágrimas, era mais infeliz que as pedras e dava vontade de rir!

Quatro horas! O riso dela, riso cheio de reticências, riso canalha e escarninho, fustigou-o como uma chicotada na cara, ao evocá-lo. Tinha feito pouco dele! Nunca fizera tenções de vir! Onde estaria ela?... Ah, Maria, Maria!...

Num arranco, apalpou no bolso das calças, com mão crispada, o canivete que trazia sempre; de olhos fechados, a boca torcida num rito odioso, abriu-o e, num gesto de doido, enterrou fundo no pulso a estreita lâmina afiada. O sangue jorrou como um repuxo e salpicou-lhe os dedos. Sem pensamentos, a cabeça a fugir-lhe, tonto, desvairado, soltou um grito rouco, abafado como um rugido de fera ferida, dobrou-se sobre si mesmo como um fantoche e, de olhos muito abertos, ficou-se a contemplar, num ar pasmado, o sangue a correr-lhe pela mão, pelo braço, em grossos traços negros até o chão.

Para as bandas do oriente o céu tomava uns vagos tons de nácar. O perdigueiro boêmio, cansado de folgar, veio a passos lentos para ele, cheio de gravidade, desconfiado, farejando de longe o sangue. Os pardais, aconchegados na acácia que a primavera enchera já de folhas tenras, começavam a mexer-se e a pipiar docemente.

O Joaquim quis levantar-se, mas não pôde, quis abrir os olhos, não teve forças. Um grande bem-estar invadia-lhe o corpo todo, um estranho entorpecimento tornava-lhe as pernas e os braços moles como trapos. A cabeça pendeu-lhe para as costas do banco. O sangue continuava a correr pelo braço, pela sotaina negra, num tênue fiozinho tépido.

De repente, aos ouvidos do moribundo chegou vagamente, como num sonho, um ruído de passos. Fez um grande esforço para se endireitar, para pensar: Seria ela?... Os passos aproximavam-se... Nas primeiras claridades ainda indecisas da madrugada adivinhou-se um grupo de homens e mulheres vestidos de dominós pretos. Vinham conversando e rindo animadamente, de volta de um baile, talvez...

Ao passar por ele, uma das mulheres exclamou:

— Olha aquele no banco, parece um faz-tudo.

— Está bêbado — disse a outra.

E uma gargalhada estridente acordou a manhã como um gorjeio de pássaro. Ao ouvir aquele riso que se afastava, o agonizante, no seu banco, estremeceu. Num medonho esforço conseguiu desembaraçar-se da mortalha que o envolvia já, conseguiu expulsar o fantasma da morte que rondava perto e pôde mexer os braços, abrir os olhos. Ele bem sabia que ela havia de vir, ele bem sabia!...

O riso juvenil extinguia-se na sombra, em notas de clarim... O grupo afastava-se, sumia-se ao longe...

O moribundo tornou a deixar cair os braços, tornou a fechar os olhos e ficou-se muito rígido, muito estendido no seu banco, com um sorriso nos lábios, iludido e contente...

O céu, dum pálido azul-esverdeado, acentuava os tons de madrepérola como uma grande concha aberta, dourava-se levemente na orla... Uma andorinha, a primeira, passou veloz como uma seta, rente à cara dele, com um gritinho agudo de alegria...

Despontava a madrugada.

Amor de outrora

O médico entreabriu levemente a porta do gabinete e disse de dentro:

— Faz favor de entrar.

As duas únicas senhoras que, àquela hora adiantada da tarde, estavam na sala de espera, levantaram-se rapidamente, avançaram para a porta entreaberta e entraram. O médico, um rapaz alto e louro, muito distinto, que estava de pé à entrada, acolheu-as com um sorriso amável. Uma delas, a que ia na frente, estendeu-lhe pressurosa a mão, num cumprimento sorridente:

— Bons-dias, doutor. Hoje não sou eu; hoje venho trazer-lhe uma nova doente, uma triste padecente dos nervos, como eu, que tem corrido os médicos todos e que o doutor vai pôr fina como me pôs a mim! — e, desviando-se um pouco, fez a apresentação: — Cristina de Morais.

A rapariga correspondeu com um sorriso ao olhar admirado do médico e, numa linda voz arrastada, disse para a amiga:

— Já nos conhecemos há muito.

E voltando-se para o médico:

— Quando a Madalena me falou no doutor Manuel de Almeida estava bem longe de imaginar que seria você o Manuel de Almeida de outrora, o rapazito de há quinze anos. Julgava-o na província, casado e com bebês...

O Dr. Manuel de Almeida, interdito, não respondeu, olhou vagamente por entre os vidros, que amplos cortinados de guipure defendiam de vistas indiscretas, e pareceu absorver-se no espetáculo dos transeuntes, numerosos àquela hora, por aquele cair de tarde de sábado.

Foi Madalena quem se encarregou de responder, olhando alternadamente para ambos:

— Não sabia que se conheciam! Tem graça!... Amigos velhos, então? Não sabias que estava em Lisboa? — perguntou, voltando-se para a amiga que, de pé, encostada à secretária, afagava com a mão enluvada um enorme cravo rajado, numa estreita jarra de faiança antiga. — É realmente casado e tem um bebê, um pequerrucho de quatro anos que é um amor. Como está ele, o meu amigo Tonecas?

O Dr. Manuel de Almeida deixou a janela e foi sentar-se à sua secretária, indicando, com um gesto, às duas amigas o amplo sofá *maple*, ao canto.

— Muito bem, obrigado. Fala muito em si, na sua amiga loura. Parece que tem outras morenas...

Madalena riu-se.

— Começa bem! Já se adivinha que é um tratante dum homem...

O doutor ia responder, Cristina atalhou muito depressa:

— Mas nós estamos a tirar-lhe imenso tempo, doutor! Vou tentar dizer-lhe em poucas palavras o que aqui me trouxe com muita esperança.

E, muito rapidamente, resumindo tanto quanto possível, contou-lhe os seus bruscos sobressaltos, os seus sustos repentinos que coisa alguma justificava por vezes, o grande mal-estar que sentia, uma tristeza profunda que, em certos momentos, chegava a ter um caráter de angústia, que a deixava sem coragem para nada, num grande desânimo que não sabia explicar.

O doutor ouvia-a, muito grave, uma ruga na testa sob o esforço da atenção, o olhar sério, fazendo-lhe aqui e ali, em voz seca e breve, uma rápida pergunta, pedindo uma explicação, fazendo uma observação ou curvando-se para, num grande livro aberto, tomar umas notas concisas, à medida que ela ia expondo o que julgava necessário, esforçando-se por se lembrar do que poderia interessar-lhe.

Ela, nem uma só vez olhou para ele; enquanto falava, fitava numa grande fixidez, sem o ver, o grande cravo rajado na estreita jarra azul e branca, de faiança antiga. Tinha uns claros olhos garços muito profundos, muito magoados, que à noite, sob as compridas sobrancelhas negras, pareciam também negros. Os cabelos adivinhavam-se muito escuros na sombra do pequenino chapéu castanho. O amplo casaco de peles fulvas envolvia-a toda, fazendo-lhe uma silhueta vaga, pesada, misteriosa, na penumbra do cantinho do sofá onde se tinha aninhado.

Quando, passada uma meia hora, chegaram à rua, depois de o médico a ter tranquilizado e prescrito um fácil tratamento por injeções, ficaram admiradas de ser já noite. Olharam para o relógio quando passaram pela estação do Rossio: seis horas. Aconchegaram bem as fartas golas altas dos casacos de peles, que a noite de novembro arrefecia já, e dirigiram-se a passos rápidos para a paragem dos Restauradores.

Naquele sítio, um dos mais concorridos da cidade, ia um vaivém constante de gente azafamada, correndo dum lado para o outro no assalto aos carros e aos táxis que passavam. As luzinhas vermelhas e os fulgurantes faróis dos autos constelavam a noite de rubis e diamantes. Os cartazes luminosos abriam e fechavam, como por artes mágicas, a sua irradiação de grandes flores misteriosas.

A cidade, a esta hora, exala não sei que perturbadores eflúvios, que embriagam as almas e amolecem os corpos. A tarde morta levou no seu carro fúnebre, para as bandas do ocidente, a suave angústia, a saudosa melancolia das horas lilases do crepúsculo; passou a hora branca das virgens... Noite fechada, agora, o céu acende uma a uma as luzes miudinhas das estrelas, e a cidade veste o seu vestido de veludo negro, deslumbra-se e enfeita-se de vícios, diadema-se e aromatiza-se de pecadora beleza, para os que vão chegar... As imaginações esgotadas inventam ainda sabores desconhecidos de novas carícias, os nervos estorcem-se em novas sensações de bizarrias febris. Os braços das mulheres que passam traem espreguiçamentos de estranhas luxúrias; as mãos estendem-se mais cúpidas, mais exigentes, mais ágeis, na caça ao prazer momentâneo que o cansaço arrasta já; os peitos arfam de suspiros e soluços, os olhos molham-se de neblinas de sonhos, e os frutos da vida que os dedos crispados colhem são mais acres e mais saborosos às bocas famintas de beijos.

Cristina pareceu aspirar com embriaguez aquele pesado vapor de volúpia esparsa e semicerrou os olhos garços, com um lento suspiro de fadiga.

Quando entrou em casa, as suas primeiras palavras foram para sossegar a mãe, que toda a tarde tinha estado numa grande inquietação, segundo ela dizia, impaciente por saber a opinião do novo doutor. "Que não era nada, nervos... Iria todos os dias ao consultório para uma série de injeções que operavam maravilhas", rematou num sorriso, beijando a mãe com carinho.

Horas depois, no seu grande quarto carmesim e ouro, longe de olhares ansiosos e perguntas indiscretas, ousou finalmente interrogar-se e olhar para dentro de si, com a coragem e a desassombrada audácia que desde criança a caracterizavam.

Quando entrara no gabinete daquele médico, que supusera um desconhecido, e dera com os olhos nele, sentira uma tão intensa emoção que tivera de fazer apelo a toda a sua coragem, a todos os seus hábitos de sociedade, para a disfarçar aos olhos perspicazes da amiga. O passado, com toda a sua longa procissão de horas, ressuscitara, levantara-se de repente, sacudira as suas cinzas perante os seus olhos assombrados. Manuel! O seu amor, o seu primeiro, o seu único amor de verdade!

Agora, sozinha, na noite calada e quieta, ousava lembrar-se... Chamou tudo, e tudo reviveu ao seu chamamento. Veio tudo! As saudades felizes e as lembranças de miséria; as quimeras inquietantes ergueram os seus perfis de sombra das sombras para onde as tinha relegado, vaporosas visões de melancolia afastaram as geladas mortalhas e vieram tocar-lhe a fronte, docemente. Naquela noite a sua insônia foi toda povoada das loucas horas de dantes, daquele longínquo *dantes* que dormitava à espera que ela ou o destino o despertassem de vez.

Veio tudo, e ela de tudo se lembrou. Ah, o seu passado!

Quantos anos tinha já!... Viu-se primeiro menina de quinze anos e sorriu compassivamente à sua imagem evocada. No seu regaço de virgem foi procurar-lhe, com dedos trêmulos, uma a uma, as flores de primavera de aromas doces que, mais tarde, o outono havia de desfolhar tão cedo! Lembrou-se... as suas melancolias sem causa, os seus vagos desejos de amor, os seus arrebatados instintos de arte, as suas bizarrias; evocou todos os pequeninos mistérios do pequeno ser voluntarioso e fantástico, sedento de vida, tonto de verdade e de beleza, que ela tinha sido...

Ah, a vida! Como ela troçara de tudo aquilo! Como espezinhara tudo, como enlameara tudo à sua volta!... A vida estúpida e cruel tinha-se vingado não sabia de quê... e, ao ouvir-lhe o riso vibrante e audacioso, tinha dito: "Ri, ri, boca vermelha a amadurecer em beijos, que eu hei de fazer de ti uma rosa mais pálida que as dum rosal de sombra no mês de outubro..."; ao ver-lhe os olhos garços muito abertos, cintilando de inteligência, a interrogar as coisas e as almas, o enigma dos mundos e dos astros, ameaçara escarninha: "Olha, perscruta, interroga... esses claros lagos límpidos hei de transformá-los em charcos escuros de águas dormentes e mortas... Acredita em tudo, em ti e nos outros, na Verdade, no Amor, na Beleza, na Arte!... Escreve tudo isso com maiúsculas! Exalta-te e transfigura-te, ascende e diviniza-te, que eu te farei descer mais baixo que os sujos lamaçais da rua. Só sabes, só adivinhas e pressentes o que é sublime, o que é puro e alto?... Eu te farei apalpar os farrapos pegajosos da calúnia, as teias nojentas da inveja, a peçonha da mentira, deixa estar!..." E a vida cumprira as suas promessas, que a vida nunca falta ao que promete... Deixai dizer aos homens!... A vida lembra-se e vai procurar com afinco, vai buscar pela mão, aos seios ululantes das multidões, as almas mais perfeitas para as quebrar, as mais puras para as perverter, os diamantes de mais bela água para os sujar, para os salpicar de lama, de toda a lama que os sapatorros da canalha deixa em traços negros pelas encruzilhadas tenebrosas.

Cristina abriu os olhos nas trevas do quarto e evocou de

novo a menina de quinze anos, a quem sorriu, apaziguada. Quinze anos! Foi nesse tempo que o coração se lhe abriu, como as portas dum sacrário, ao seu amor primeiro, ao seu amor maior; foi aos quinze anos que Manuel apareceu e veio para ela, lentamente, como um príncipe encantado dentre as neblinas da manhã. "Manuel!" Ao dizer baixinho aquele nome, as sombras acordadas estremeceram em torno dela, e o corpo arrepiou-se-lhe todo como se tivesse chamado um fantasma. Não viu aquele que ele era agora, aquele desconhecido de olhar sério que era apenas a desbotada imagem do outro que no seu coração embalara anos e anos. Viu o outro, o verdadeiro, aquele que era dela ainda, que trazia ao pescoço como uma medalhinha benta capaz de todos os milagres. Ah! Aquele Manuel de romântica capa negra dos seus sonhos de rapariguinha! Aquele que tinha um sorriso já tão triste, desenhado num sinuoso traço rubro, tão benfeito, sobre a palidez da face! O Manuel que lhe chamava Nita, que punha no seu nome o afago que ninguém mais lá pusera, que lhe mandava molhos de violetas e amores-perfeitos, que lhe escrevia em grandes cartas todas as palavras lindas que há no mundo, todas as blandícias perfumadas e santas, três vezes santas, do seu amor de sortilégio!

Ah! Pobre mulher, que te atreves a dizer-te pobre com tanto ouro no teu passado, que dizes tremer de frio com tanta lenha a arder na fogueira em que te abrasaste, que ousas chamar-te inútil tendo criado tantas horas de beleza, que tens medo com tantas mãos amigas a abençoarem-te de longe!...

E Cristina lembrava-se, lembrava-se depressa, não fosse tudo fugir como um bando gárrulo de pássaros assustados, de todos os seus êxtases, dos seus arrebatamentos, dos seus triunfos, das suas lágrimas de amor. Rebuscava no passado a mínima parcela de ouro para a fazer brilhar, virava-a e revirava-a... O ouro rutilante ria-lhe, muito louro, nas palmas das suas pobres mãos cansadas. Cristina fechava as mãos, não fosse ele escapar-se-lhe como areia por entre os dedos... E lembrava-se, lembrava-se das noites em que falava com ele à janela, às horas sossegadas em que o silêncio rumoreja pelas ruas desertas.

O luar banhava tudo; as casas, no largo, desmoronavam-se e caíam em linhas retas sobre a branca toalha estendida. As fadas andavam por toda a cidade estendendo os seus lençóis de linho... e os olhos da rapariguinha apaixonada viam as fadas andar na sua lida, que os olhos de quinze anos são como varinhas de condão no mundo feio e lôbrego, os olhos de quinze anos veem tudo onde por acaso pousem!...

— Boa-noite.

— Boa-noite.

Ah, a voz dele a vibrar no silêncio, nítida como um cristal intacto! Que se diziam depois? Lembrava-se lá! Aos trinta anos sabe-se lá bem o que bocas puras murmuraram em noites luarentas, em românticos balcões debruçados sobre o largo rio de luar, enquanto o mistério dos destinos vai afagando as almas para as estrangular! Sabe-se lá!...

E nunca nessas horas ruivas, a rir como bacantes, nunca sentira latejar nos seios o desejo duma carícia proibida, nunca sonhara com os beijos da sua boca triste, nunca as suas mãos tremeram na obsessão dum contato mais envolvente e mais perturbador. Não, nunca! Toda castidade, toda doçura, o seu sonho ia mais alto que as asas das cotovias e desconhecia tudo o que ia cá por baixo, os caminhos ignorados por onde mais tarde havia de caminhar, fazendo pó e lama.

Mas um dia, um dia morrera tudo, desabara tudo. Os fortes alicerces da sua catedral de ouro abanaram como se um ciclone sacudisse uma humilde choupana de colmo, e tudo desabara como um frágil castelo de cartas. Por quê? Sabia lá! Nem já se lembrava! Intrigas... calúnias... sabia lá! A vida começava a cumprir as suas promessas, que a vida é boa pagadora e não esquece nunca as suas dívidas...

Viu-se dum dia para o outro mais pobre que Pedro Sem, viu-se despojada de toda a sua grandeza, sem mesmo saber por que e, asas esfarrapadas, espantada, tonta, pousou na terra e teve medo... mas a vida lá a arrastou, pegou-lhe na mão e lá a levou!... Para onde?

E Cristina evocou então os anos de abandono moral, de miséria, por entre os miseráveis de alma, os esfarrapados de ilusões, os indiferentes e os céticos, seguidos os seus passos pelos olhos vesgos dos que tudo veem de través, acompanhada pelos olhares morcegos dos que tudo veem às escuras. Relembrou o seu casamento, o seu divórcio, os anos mais diluídos da sua vida, os que o tempo engolira mais depressa, sem deixar o mínimo rasto, sem de tudo isso lhe ter ficado a mínima recordação doce ou amarga.

E agora, quando julgara todas as luzes apagadas à sua volta, ei-las todas a arder, em brilhos de festa a deslumbrá-la! Acendera-se o presépio no seu peito de rapariguinha; tinha outra vez quinze anos! A catedral de sonhos cortava de novo os ares com as suas esguias flechas de ouro, o luar banhava novamente o lago adormecido, onde as casas traçavam linhas escuras de sombra e as fadas estendiam a sua roupa de linho...

De manhãzinha, já o sol ia alto, Cristina adormeceu a sorrir.

No dia seguinte, à hora da consulta, foi ao consultório com a amiga, para a primeira injeção, como tinham combinado. Logo ao entrar, o coração apertou-se-lhe numa leve impressão dolorosa, ao ver, na sala de espera, uma inglesa com ar de governanta tentando incutir, sem grande resultado, aliás, os doutos princípios das boas maneiras a um bebê dos seus quatro anos, que se via não estar mesmo nada para a aturar.

— Aoh! Mau *boy*!...

O bebê ria às gargalhadas e ia dependurar-se numa cadeira, fazendo caretas ao espelho, vivo como um pequenino diabo e lindo como um serafim, com os seus minúsculos calções vermelhos e o seu elegante casaquinho de peles brancas.

Ao ver entrar Madalena correu para ela num grande alvoroço, braços abertos, sem se importar com os ralhos da inglesa, hirta como um guarda-chuva, que não cessava as suas interjeições guturais, apesar de as lançar em pura perda...

— Oh, Tonecas!

— Oh, amiga loura!

Era o Tonecas! Bem o tinha pressentido. O filho dele! Como era bonito! Tão louro!... Os olhos recortados em dois pedacinhos de veludo azul... Não se parecia com o pai... Com a mãe, talvez?...

— Oh, amiga loura, quem é esta que está a olhar para mim?

— É a amiga morena — respondeu Madalena, divertida com a pergunta.

O pequeno riu, deu meia-volta e foi empoleirar-se no sofá, para chegar a uns livros que enchiam uma pequena estante, ao canto da sala.

Foi assim a sua primeira entrevista com o Tonecas.

No fim da primeira semana, sob um hábil pretexto, começou a ir sozinha ao consultório. Atraíam-na não só as mágicas recordações do seu amor doutrora, como também uma vaga ternura que principiava a sentir pela criança, a quem via de vez em quando, ao cair da tarde, no consultório, à volta do seu passeio higiênico de todos os dias. O pequeno, por sua vez, era já muito amigo dela, cativado pelas carícias que ela lhe prodigalizava e pelos brinquedos de que o enchia.

Um dia, ia a sair do gabinete, à noitinha, quando o bebê entrou pela mão da inglesa. Viu-o sério, com um beicinho triste, apertando debaixo do braço o barco que ela lhe tinha dado no dia anterior.

— Que tem o meu Tonecas que parece um juiz do Supremo Tribunal? — interrogou ela a rir, ao vê-lo naquela insólita atitude.

— É que, sabes?... O marujo do barco que tu me deste... — e, desolado, estendia-lhe o brinquedo — derreteu-se!

Ela não pôde deixar de dar uma gargalhada, constatando realmente a desaparição do marujo, prometendo-lhe outro mais sólido, enquanto o pequeno, de cabeça baixa, examinava atentamente o barco, e o pai murmurava numa voz que mal se ouvia: "Tudo no mundo se derrete..."

Quando, um mês depois, acabou a primeira caixa de injeções, já entre eles a teia artificiosa do passado os tinha emaranhado de tal forma que seria completamente impossível poderem desprender-se. Os braços pequeninos e inocentes do Tonecas, em volta dos seus pescoços, tinha-lhes juntado as almas ainda mais depressa. A hora ia soar, a hora que a sorte marcara há muito para a desgraça... ou para a felicidade de ambos... quem sabe?...

Todo o amor dos quinze anos revivia mais inquietante, mais pejado de promessas, mais sussurrante de segredos. O deus moço e risonho vinha agora com as mãos a transbordar de afagos, e Cristina pôs-se a desejar, numa doentia obsessão de todas as células do seu corpo, o corpo do homem escolhido, e a sua boca, sem querer, começou a chamar, vivo e ardente, o beijo ignorado da boca tão amada!

Primeiro, foi entre eles um lírico entretecer de pequeninas coisas claras, de eflúvios doces como um roçar de asas abertas, como pétalas aflorando de mansinho as águas quietas dum tanque... Começaram depois as reticências, os risos perturbados, os olhos que se desviam pestanejando, inquietos, a fugir à chama envolvente doutro olhar...

Um dia os braços enlaçaram-se, as bocas uniram-se, e foi o êxtase, o inebriamento!...

Tudo se esvaeceu em torno; o mundo começou a ser para eles uma velha tapeçaria desbotada onde a custo se enxergavam, em esmaecidos tons de crepúsculo, as linhas de vagos rostos sem vida nem expressão.

Amaram-se de novo como se nunca tivessem deixado de se amar, como se ele a tivesse ainda virgem nos seus braços, e ela, liberta de grilhões, junto ao seu peito, como se a vida tivesse parado para eles e começassem a viver outra vez. Ataram o fio de ouro com as suas mãos a tremer de júbilo, dum júbilo triunfante que os transfigurava, que os fazia divagar como ébrios, erguendo castelos, edificando projetos insensatos, vivendo numa vertigem, sôfregos, como esfomeados em frente dum prato de vitualhas, semeando à pressa com medo aos temporais, a acumular riquezas que nivelassem rapidamente os anos de outrora, que fizessem do passado e do presente um grande oceano de águas claras, sem ondas nem marés, onde se tivessem mirado sempre.

Disseram-se, na mesma voz, as mesmas palavras de mimo que já se tinham dito, riram das mesmas coisas, sonharam debruçados sobre os mesmos livros, lidos dantes com enlevo, procuraram religiosamente recordar-se dos mais fúteis acontecimentos do seu passado de amor, seguiram em sentido contrário a senda bendita que tinham trilhado, ajustaram os seus passos ao rasto dos passos que lá existiam ainda e foram felizes, felizes como a vida proíbe que se seja, numa ventura inverossímil à força de prodigiosa!

Passaram-se meses. Ela continuava a frequentar o consultório, onde passava largas horas conversando, rindo, trocando impressões, nestes mil nadas em que se compraz o amor partilhado e feliz. Viam-se também lá fora, numa quinta do Lumiar, onde o pequerrucho costumava passar as tardes a brincar à sombra das copadas árvores do parque, sob os olhares vigilantes da inglesa. Depois, começaram a ver-se também nas confeitarias, afoitando-se às vezes a tomarem o chá juntos, à mesma mesinha; outras vezes nas ruas, à noite, de braço dado, como dois recém-casados.

Este estado de coisas, porém, não podia prolongar-se. Como o mundo não era um deserto, como a eles lhes parecia, começaram a dar nas vistas; começou-se a falar, primeiro em voz baixa, depois mais alto, até eles ouvirem os brados de indignação dos virtuosos sustentáculos da moral. Tiveram de se retrair, foram obrigados a ver-se menos, e isto foi para eles, habituados ao doce convívio de todo o inverno e de toda a primavera, uma verdadeira tortura. Tinham sempre a mesma sede de se verem, de se beijarem, de se tratarem por tu, de viverem do mesmo sopro de vida, sob as telhas do mesmo teto, ao calor do mesmo ninho.

E, de repente, agrilhoados aos preconceitos e às cadeias mais austeras do dever, longe um do outro, ela principiou a emagrecer, a definhar-se, e ele pôs-se a desejá-la tanto que era um tormento vê-la; os seus beijos mais rudes, quando a podia ter um momento nos braços, mordiam-lhe a boca em sensualidades de animal bravio, a água clara dos seus olhos, ao fitá-la nesses momentos, mostrava remoinhos de águas lodosas lá no fundo, e gritava de desespero quando o corpo dela lhe fugia sob a pressão brutal dos dedos crispados.

Uma tarde, depois duma cena horrível, passada na manhã daquele mesmo dia, em que ele acabara por soluçar com a cabeça enterrada no seu colo, levaram-lhe ao quarto, onde estava descansando, uma carta dele que dizia assim:

Minha Nita bem-amada:

O que esta manhã se passou entre nós, os momentos horríveis que passei perto de ti, sentindo-te tão longe como qualquer mulher que passe, deram-me a medida exata do meu amor e da impossibilidade em que estou de continuarmos a viver assim.

Não posso, Nita, não posso. Tenho fome do teu lindo corpo, que me alucina. Quero-te. Sou um homem, nada mais que um pobre homem, escravo dos desejos da sua carne miserável, como todos os homens.

A princípio supus, supusemos ambos, que seria uma felicidade sem par o sermos só amigos, o passarmos a vida perto um do outro, até a morte, lado a lado, sem nos confundirmos no êxtase da mesma posse. Foi uma ilusão, Nita! Pensamos como crianças. O amor, por perfeito que seja, como o nosso, não se contenta de migalhas: quer tudo!

Lutei desesperadamente comigo mesmo — para que esconder-to? Para te dizer o que venho dizer-te, meu amor, foi preciso arrancar de mim mesmo todos os pensamentos, todos os sentimentos que me tinham feito o que eu era; hoje sou um outro homem, um homem novo. Não tenho lar, não tenho mulher, não tenho filho. Tenho-te só a ti. Aceita-me assim, pobre de tudo. Torna-me rico de ti, vem comigo, Nita, vem viver comigo para muito longe, realizemos os nossos sonhos lindos de há tantos anos, minha namorada, minha noiva, meu amor.

Sê minha. Ponho nas tuas mãozinhas pequeninas o meu futuro, o nosso futuro, minha estremecida. Seremos felizes, juro-to. Não digas que não. Eu não vejo ninguém que valha o tremendo sacrifício da bela realização da nossa mútua ternura. A minha mulher tem fortuna, tem pai e mãe. O meu filho será amado com extremos de carinho, educado com cuidado. Não sou preciso a ninguém.

Responde. Tenho tudo arranjado. Nestes últimos tempos, instintivamente, sem bem saber por que, fui preparando as coisas, aplanando o caminho, de forma que tudo nos será fácil e propício, agora que a época das indecisões passou.

Pensa, pensa bem, mas só em nós, só em nós dois, que

os outros são menos do que sombras, são nada, não existem. Amanhã à tarde espero a tua resposta: numa folha de papel um simples sim. E à noite, libertos de todas as prisões, desafiaremos o destino e a má sorte com o poder invencível e sagrado do nosso maravilhoso amor.

Manuel

Cristina, ao acabar de ler, ficou com a carta nas mãos, interdita, sem saber o que havia de pensar, arrastada na corrente formidável daquele amor que se lhe revelava maior ainda, mais forte do que nunca imaginara. Como ele a amava, santo Deus! Aquele homem que possuía tudo, futuro, fortuna, um lar feliz, um filho, sacrificava-lhe assim tudo, sem um pesar, sem um remorso, simplesmente, a ela, que não possuía nada! A vida tivera finalmente piedade dela, dava-lhe de repente o mais que lhe podia dar, o tesouro dum coração só seu e, embora tarde, realizava-lhe, como por milagre, todos os sonhos, todos os seus lindos sonhos de menina!

Em todo o resto da tarde viveu como uma sonâmbula, praticando maquinalmente todos os gestos habituais, todos os seus pensamentos num mundo à parte, longe de tudo quanto a rodeava, respondendo vagamente a todos sem bem compreender o que lhe diziam. Retirou-se cedo para o quarto, deitou-se, apagou a luz.

O luar de agosto entrou-lhe de roldão pela janela. Pincelou de branco todas as paredes, não lhe escapou um só cantinho por caiar, fazendo do quarto carmesim e ouro um belo quarto nupcial, e inundou-lhe o lindo corpo nu. Cristina contemplou-se longamente... Aquela mulher de trinta anos tinha efetivamente o corpo liso e fresco duma adolescente de dezoito. Os braços muito puros, bem presos às espáduas numa linha suave e casta... os seios firmes e pequeninos... o ventre polido arredondando-se numa curva de onda... a cinta esbeltíssima... as pernas compridas e nervosas de Diana caçadora... os minúsculos pés de unhas pequeninas, cor das pétalas de certas rosas outoniças...

Cristina sorriu de desafio e de orgulho.

"Sim! Dar-lhe-ia o seu lindo corpo de ninfa, cobiçado por tantos, seria como uma bela rosa que ela lhe desse para ele cheirar, para desfolhar, para morder; seria o seu brinquedo de homem de carne miserável, como a dos outros homens! Por que não havia de o fazer feliz, se a sua felicidade seria a dela também? Tantos anos esperara por ele em vão! E havia de rejeitar aquela esmola da vida, ela que dá tão poucas?! Ah, não! Por ele tinha vivido tudo quanto há no mundo que valha a pena viver-se. Fora sobre os ombros dele que tinham ido pousar, como um bando de pombas brancas, mansinhas, os seus brancos sonhos de donzela. Que importava não ter sido ele o primeiro, o iniciador, se ela nunca vibrara nos braços de ninguém, se um só olhar dos dele, carregado de paixão, a fazia desfalecer, se os seus nervos, ao afago dos dedos dele, retiniam como cristais intactos?! Seria dele, sim! Que importava o mundo, os seus preconceitos idiotas, as suas leis inumanas e ilógicas? O amor era mais forte que tudo, vencera tudo! E, além disso, ela também tinha direito à vida como as outras mulheres, à vida que é tão caluniada e que é tão bela, à vida que a tinha amachucado, dilacerado, pisado toda aos pés. Anos e anos, a sua alma tinha sido mais dolorosa que uma chaga; estava toda marcada de nódoas negras, ninguém lhe podia tocar... e assim vivera, enclausurada na sua amargura como num triste e escuro quarto de entrevada. E ela era uma amorosa, uma apaixonada, a sua mocidade queria gozar, vibrar, vencer, antes que a morte viesse, a dama dos dedos descarnados, fechar-lhe os olhos.

O dever? Que palavra artificial! E mesmo, que deveres tinha ela, e para com quem? A sua consciência negava-lhos todos, a sua consciência gritava-lhe bem alto que ela agora só tinha direitos! Que lhe importava o lar desfeito, o lar perdido da outra? Bem podre devia estar, que se desfazia com um pontapé!... E que culpa tinha ela que o Manuel lhe quisesse assim tão doidamente? Não se lhe tinha negado sempre, agarrada a uns vagos sentimentos de pudor que nem sabia explicar? Fora ela que o mandara sacrificar-lhe tudo? Não! Pois então que queriam que fizesse?"

O luar ia-se retirando a pouco e pouco. A iluminação

apagava-se no quarto já quase completamente imerso em sombras. Cristina sentiu-se de repente fria como o gelo no ardor daquela noite de verão: passara-lhe pelos olhos a visão dum pequenino...

"O Tonecas! Ah, sim, o Tonecas... Mas, afinal, que lhe roubava ela? O pai? Mas que era o pai na vida daquele pequerrucho de cinco anos? Daqui a algum tempo nem sequer se lembraria dele! Dir-lhe-iam que tinha morrido... E então? Não acontece o mesmo a tanta gente? A ela, por exemplo, e cá se criara, que no mundo ninguém faz falta, tudo se substitui. E o Tonecas tinha fortuna, tinha mãe, avós que o adoravam. Não... o pequerrucho não a podia prender, ninguém a poderia prender... Estava resolvida. Diria *sim*."

E assim fez. No dia seguinte, o seu primeiro cuidado quando se levantou foi escrever numa grande folha de papel branco, nitidamente, simplesmente, como ele tinha dito, a palavra: "Sim".

E assinou com o seu nome, em grandes letras firmes: "Cristina".

A tarde lá fora resplandecia. O sol crivava o casario de flechas de ouro, e espraiava-se, sem uma nesga de sombra, pela larga rua tumultuosa. Cristina resolveu ir passar as horas de maior calor à quinta onde o pequerrucho costumava passar as tardes. Depois, iria à Baixa comprar umas coisas de que precisava para a viagem e deixaria a carta no consultório. A consulta era das cinco às sete. Ele estaria lá...

Quando, pelas quatro horas, entrou na quinta, depois de percorrer num passo rápido a alameda das tílias, deparou-se-lhe logo a inglesa, sentada num banco a ler, provavelmente as eternas poesias de Shelley[1], e, um pouco mais longe, no seu pouso favorito junto ao pequeno tanque das estufas, o Tonecas a brincar com um arco.

— *Good evening*, *miss*.

---

[1] Percy Bysshe Shelley (1792-1822), poeta romântico inglês. (N. do E.)

A inglesa mal ergueu os olhos do livro, retribuindo o cumprimento.

O Tonecas, mal a viu aparecer ao longe, acorreu radiante, anunciando numa voz de triunfo:

— Sabes? Tenho um arco novo! E é grande!... E um elétrico!...

Ela apertou-o nos braços, levantou-o ao ar e inundou-lhe a cara de beijos. Ele esforçava-se por se desprender, ansioso por lhe mostrar as preciosidades anunciadas: o novo arco grande e um elétrico, já sem *trolley* e sem as rodas da frente. Depois de ela se ter extasiado, como ordenavam os preceitos da boa educação, perante semelhantes riquezas, ele pretendeu mostrar-lhe o seu grande talento no jogo do arco e abalou correndo que nem cabritinho solto.

Ainda, porém, não tinha percorrido meia dúzia de metros quando, tropeçando na raiz dum grosso carvalho, estendida como uma grande cobra à flor do solo, caiu com um grito dilacerante.

A *miss* nem sequer levantou os olhos do livro, perdida no mundo de encanto dos maravilhosos versos imortais.

Cristina correu para ele aflita e, levantando-o, verificou que não era nada de grave. Fora maior o susto. Umas leves escoriações num joelho. O bebê, todo a tremer, não cessava de considerar com pavor as raras gotinhas de sangue que afluíam, cintilantes como pequeninos rubis.

— Não chores, Tonecas! Tu és um homem, e os homens não choram.

O pequeno levantou para ela o minúsculo rosto lavado em lágrimas e, numa voz que procurava tornar firme:

— Choram, sim. O papá é um homem e ele chora.

Cristina sentiu um frio mortal percorrê-la da cabeça aos pés. Ansiosamente, curvou-se para a criança e perguntou-lhe:

— Quando foi que o papá chorou?

— Foi ontem à noite. Foi à minha caminha levar-me o elétrico e esteve a chorar muito ao pé de mim, que eu bem vi.

— E depois? — interrogou Cristina, sentando-se num banco, pois sentia-se desfalecer.

— Depois... não sei. Eu dormi... — respondeu o pequeno, encolhendo os ombros.

Ah! O pai tinha chorado!... Que ia ela então fazer, santo nome de Deus?! Como se todo o sol de agosto lhe entrasse pelos olhos dentro, iluminando-lhe os mais pequeninos recantos da sua alma às escuras, compreendeu subitamente, viu num relâmpago as consequências do que ia fazer, do seu ato, a única má ação de toda a sua vida!

Mediu claramente a sua tremenda responsabilidade em tudo aquilo: o ninho destruído, o pequenino sem pai, uma pobre mulher viúva da pior viuvez, sem o ter merecido. Ah! O pai tinha chorado!...

O Tonecas, erguendo a cabeça, viu-lhe os olhos marejados de lágrimas. Olhou-a com uma grande ternura e, para a consolar, sem lhe dizer nada, meteu-lhe na mão o elétrico sem *trolley* nem rodas, o seu maior tesouro!

Cristina não se moveu. O bebê, desconsolado, começou a procurar no seu pequenino cérebro outra coisa, uma ideia que conseguisse enxugar aqueles olhos marejados de lágrimas, que o desconcertavam e o afligiam. De súbito, julgou ter achado. Timidamente, encostou a cabecinha frisada ao regaço dela e, baixinho, perguntou-lhe:

— Queres que te faça um barco?

Cristina sorriu por entre as lágrimas ao pequenino rosto inquieto e respondeu com a cabeça que sim.

— Dá-me papel.

Ela abriu lentamente a saca de couro onde brilhavam, num monograma discreto, as iniciais do seu nome, e tirou de lá uma carta, que entregou ao pequerrucho. Ele abriu-a, tirou a folha de papel e tornou a entregar-lhe o envelope inútil, que ela rasgou aos pedacinhos, atirando-os num doce gesto cansado para um maciço de altas salvas berrantes.

O pequeno fez o barco gravemente, com uma grande atenção nas pupilas radiosas, dum belo azul-celeste. Depois, lançou-o à água, carregadinho de folhas verdes, e ficou-se a vê-lo da margem, com as mãozitas cruzadas atrás das costas.

Num dado momento, porém, o barco, demasiado carregado, começou metendo água e, lentamente, foi-se afundando, todo desfeito...

O Tonecas, olhando o naufrágio, murmurou pensativo:

— Derreteu-se...

Ao que Cristina respondeu, numa voz que mal se ouviu, a mesma frase que meses antes tinha ouvido, sem a saber a chave do seu mísero destino:

— Tudo se derrete neste mundo...

E foi esta a sua última entrevista com o Tonecas.

O crime do Pinhal do Cego

— Cala-te, *Farrusco*!

O cão, um velho *barbet* escanzelado, dum amarelo desbotado e sujo, abafou o fundo rosnar num gemido lamentoso, estendeu as patas da frente, encostou a elas o focinho de grandes pelos emaranhados e calou-se.

Uma grande fogueira de galhos secos de pinheiro ardia em altas chamas claras na lareira de pedras soltas e negras de fumo, fazendo ferver em cachão a grande panela do caldo e o caldeirão de lavagem para o porco. A candeia bruxuleante, pendurada num prego, apenas iluminava a chaminé, deixando o resto da casa às escuras. Aqui e ali adivinhava-se o vulto tosco dum móvel, a pesada arca do milho, o dourado-fulvo duma comprida réstia de cebolas, a mesa de pinho ao lado do janeluco estreito bem trancado e, ao fundo, a porta, igualmente fechada e trancada, atrás da qual cintilava o aço polido do cano duma espingarda de caça.

Noite fechada. Seis horas em fevereiro. Chovia se Deus a dava!... O vento, lá fora, na noite negra como boca de cisterna funda, regia a sua endemoninhada orquestra de almas do outro mundo, no pinheiral em volta. O grande oceano de frescas ondas verdes, tão sereno nas manhãzinhas de primavera, tão acolhedor às horas quentes das tardes estivais, povoava-se de monstros, praguejando como pagãos. Os ramos entrechocavam-se com um rouco fragor de tempestade; de vez em quando o estalar dum galho, o ruído crepitante da queda aos trambolhões lá do alto e o baque surdo, como de corpo morto, sobre a terra mole e pantanosa, onde a água dormita em pegos lodosos e traiçoeiros.

O cão, que não se aquietara ainda, levantou-se e foi farejar à porta, rosnando.

— Cala-te, *Farrusco*! — tornou a mesma doce voz de mulher de há pouco. — Não sei o que o demo do cão tem hoje, Francisco — prosseguiu, dirigindo-se a um homem alto e robusto que, sentado ao canto da lareira, estendia ao calor do lume as mãos calosas e queimadas. — Não tem tido parança; toda a tarde tem estado nisto, e assim que anoiteceu ainda foi pior!

— É pregar-lhe um pontapé e pô-lo lá fora! — tornou o homem, num tom peremptório.

— Não, isso não — atalhou a mulher docemente. — Com uma noite destas morria de frio, coitadinho!

E, baixando-se, passou a mão num gesto muito doce pelo focinho úmido estendido para a crepitante labareda do brasido. O cão ergueu a cabeça e envolveu-a numa carícia humilde dum olhar quase humano, agradecido e feliz; mas a sua atenção concentrou-se novamente na porta, e levantou-se dum salto, latindo furiosamente.

O homem, que se tinha levantado para ir buscar a um canto um braçado de folhas secas, parou e apurou o ouvido. A mulher, que estava a pôr a mesa para a ceia, pousou devagarinho a tigela em cima da mesa e ficou-se também a escutar.

Só se ouvia o vento no mesmo concerto infernal: o surdo ribombar dos tambores, a graça aérea das harpas, a estridência triunfal dos metais, a súplica torturada dos violoncelos e dos violinos. De vez em quando, cínico e escarninho, assobiava, no meio do silêncio apavorado da floresta, como qualquer matulão de aldeia. E a noite, crispada, ouvia...

— É o vento — balbuciou a mulher, vagamente inquieta.

O homem não respondeu; foi atrás da porta, pegou na espingarda, trouxe-a para a zona iluminada e pôs-se a examiná-la, carrancudo, um grande vinco de lés a lés na testa alta e morena.

— Que é, Francisco? — interrogou a mulher, numa tremura.

— Vou dar uma volta lá por fora. Alguém que anda à lenha...

— Com uma noite destas, meu homem?... Deixa-te estar — suplicou. — As duas portas estão trancadas, não há que recear... Não saias...

O homem encolheu os ombros e não disse nada. Foi à porta, que destrancou. Deu volta à grande chave, que estava na fechadura, e abriu-a, devagarinho, devagarinho...

— Apaga a luz! — ordenou secamente.

A porta rangeu levemente, ao abrir-se. O vento engolfou-se pela casa dentro, varrendo as cinzas ardentes do lar e arrastando em doido turbilhão as folhas secas. O cão, mal sentiu uma fresta aberta por onde meter-se, correu como um raio, desaparecendo na noite.

O homem espreitou para os lados do pinhal, muito atento, quase sem respirar, com a espingarda engatilhada. Não se via vivalma, apenas os gritos do vento e o soluçar da ramaria.

A mulher, depois de apagar a luz, veio pé ante pé para a porta, onde ficou também, atrás do marido, sem se atrever a fazer um gesto, escutando.

Mais tranquilos, iam para fechar a porta; o homem, porém, resolveu dar uma volta à roda da casa, "não se desse o caso de serem ladrões que lhe levassem a lenha para a cozedura do dia seguinte ou alguma galinha..."

— Deixa lá, Francisco... — suplicou novamente a mulher.

O homem não fez caso, transpôs o limiar da porta e desapareceu aos olhos da mulher, aterrada, enquanto a chuva, que tinha parado uns momentos, recomeçava a cair em grossas gotas cerradas.

De súbito, a mulher teve um estremeção violento. Da garganta contraída não lhe saiu um gemido...

Um tiro... depois outro... outro...

— Ai, Jesus! — conseguiu gritar e, deitando mãos à cabeça num gesto de desespero, desvairada, como doida, deixou a soleira da porta, onde se conservava abrigada, e deitou a correr para os lados donde ouvira os tiros, tropeçando, esbarrando nos troncos das árvores, ferindo-se nos galhos, caindo, levantando-se, aos tropeções como uma louca, pelo negro pinheiral soturno onde o homem se lhe sumira.

— Francisco! Francisco!...

E gemendo, soluçando, continuava a correr e a gritar:

— Francisco! Ai, minha rica Nossa Senhora das Dores!... Ai o meu homem!... Ai, meu Divino Senhor!...

E, num berro desgarrador, soluçou para as altas árvores supliciadas, para os negros céus impassíveis onde não luzia uma estrela, para os tristes ermos perdidos daquele canto da terra onde, na sua noite de Calvário, menos feliz que Jesus, agonizava sozinha:

— Quem me acode! Quem me acode!...

Ninguém! Nem um grito a responder ao seu grito... O vento continuava a uivar, furioso, e a chuva a cair, inundando os caminhos lamacentos cobertos de ramos decepados, de pequeninas árvores arrancadas, de todos os destroços da tempestade ululante.

Por fim, depois de uma hora de incessantes correrias, caindo, levantando-se desesperada, sem atinar com o caminho, quase sem sair do mesmo sítio, rouca à força de gritar, com a roupa encharcada, exausta, prestes a desfalecer, viu brilhar de repente, a poucos passos, pela porta da cozinha que o vento abrira de par em par, a chama incerta da fogueira a extinguir-se.

Para lá se encaminhou a passos lentos, curvada como se tivesse feito cem anos, agarrando-se a tudo para não cair e, sem gritos — que ela já não podia gritar —, sem um olhar para dentro de casa, indiferente à chuva que não cessava de cair, enrodilhou-se na soleira da porta e ali ficou, esperando a tardia madrugada de fevereiro.

Mal luziam no horizonte as primeiras vagas claridades da lívida aurora chuvosa, amortalhada nas amplas pregas do seu lençol de bruma, a mulher ergueu a cabeça e fitou o pinhal, que a pouco e pouco emergia do mar de tinta em que a noite o afogara.

O fevereiro das enxurradas transformava a terra num lago, fazendo escachoar as inofensivas ribeiras, tornando mais traiçoeiras as águas dormentes dos pegos onde monstruosas rãs, dum verde de esmeralda, coaxavam de gozo, enquanto grossas cobras traçavam à tona de água os seus eternos e misteriosos arabescos.

A mulher endireitou-se, levantou-se lentamente e fixou, atenta, com um olhar esgazeado, um atalho estreito que serpenteava pelo mais espesso do pinheiral até perder-se por entre os troncos das árvores, lá adiante.

Que era aquilo?! Que estranho cortejo de sombras era aquele, avançando na sinistra solenidade da manhã lutuosa?! Que vinham fazer aqueles espectros, direitos ao seu humilde ninho, e que traziam eles nos braços, que tão pesado parecia?!...

Quis ir ao seu encontro: não pôde! Vergaram-se-lhe as pernas, e os braços penderam-lhe ao longo do corpo, nesse gesto que foi da Virgem no Calvário e que é de todas as mulheres a quem a dor crucifica.

Quando os espectros distantes, tornados homens perto dela, a roçarem com o seu mísero fardo nos braços, soltou um grito, um só, como se no paroxismo do sofrimento a alma emudecesse às grandes expansões das pequeninas dores, como se, ao reconhecer naquele boneco, moldado numa pasta de lama e sangue pelas mãos da morte, o homem que a fizera sua há tão pouco tempo ainda, a imagem de todos os destinos lhe surgisse, esquálida e miserável, do fundo do seu pobre ser dilacerado.

— Então, senhora Rosa, que lhe há de fazer?... É ter paciência...

A voz do homem, tão perto, sobressaltou-a como se viesse dum outro mundo, longe, muito longe...

— Encontramo-lo no atalho, a dois quilômetros, na descida para Monterroso... Íamos para a feira... — disse outro.

— Ah! — balbuciou ela, baixinho.

— E o cão estava mesmo ao pé, numa poça de sangue. Tem a cabeça esmagada — continuou o que primeiro falara.

— O cão... — gaguejou.

— A espingarda, tenho-a eu aqui — disse da porta a voz fresca dum rapazito.

— A espingarda... — tornou ela, na mesma voz ausente.

Ia entrando mais gente, que as más novas têm asas. Algumas mulheres e homens que moravam perto, pois o lugar era ermo e a freguesia distante.

As mulheres rodearam-na, solícitas; uma delas foi a uma arca buscar um lençol, com que cobriu o cadáver. Outra apressou-se a deitar fogo a um grande braçado de galhos secos. A fogueira crepitou...

Para lá a arrastaram devagarinho, com misericordiosas palavras de consolo. A pobre não as ouvia sequer, deixava-se arrastar, com uns pequenos gemidos de animal ferido, sem ver onde punha os pés, sem se importar para onde a levavam. Batia os dentes de medo e de frio. As roupas encharcadas colavam-se-lhe ao corpo magrinho e frágil. Quando a sentaram ao canto da chaminé, fechou os olhos com a esperança de nunca mais os tornar a abrir, mas, a pouco e pouco, ao calor do lume, foi-a invadindo um grande bem-estar físico, e ficou-se a dormitar, com o rosto duma palidez de cera encostado à pedra escura da chaminé e as mãos cruzadas no regaço.

Então, uma vizinha veio para ela em bicos de pés e, sobre a mancha cor-de-rosa da sua blusa de flanela, estendeu, como uma sinistra asa de corvo, o negrume da sua mortalha de viúva: um grande xale negro que a cobriu toda.

Choveu todo o santo dia. Parecia que o céu se desfazia em chuva: grossas cordas de água, que alagavam nos campos as sementeiras precoces e faziam sair dos seus pequeninos leitos de miúdos seixos, polidos e brilhantes, as líricas ribeirinhas, transformadas em largos rios, regougando ameaças. Grandes bandos de gralhas passavam lá no alto, traçando, com a tinta escura das asas na página aberta dos céus, esguios pontos de exclamação.

Em todo esse dia e nos dois seguintes, foi um vaivém incessante de gente na pequena casa solitária do Pinhal do Cego. Veio o subdelegado de Saúde verificar o óbito, vieram as autoridades, as gentes da justiça, e as investigações principiaram logo. Quem teriam sido os matadores? Sob a chuva torrencial, que não cessara durante uma semana, como achar na terra alagada vestígios de quem tinha todo o interesse em se ocultar?

Procuraram, indagaram, esquadrinharam tudo: a terra em volta e as consciências. A vida do pobre rapaz, trabalhador e honrado, simpático a todos, não lhes trouxe um indício. A viúva, ainda petrificada no doloroso assombro do pesadelo da noite, nada adiantou; nada vira. Apenas lhe ficara nos ouvidos o eco abafado dos três tiros: primeiro um... depois outro... e outro.

Passados dias e dias de inúteis pesquisas, o drama foi a pouco e pouco esquecendo no marasmático ambiente de sossego daquele canto perdido da terra, as investigações cessaram, e o processo ficou por ali. Dele ficou constando apenas que o homem tinha chegado a disparar dois tiros da sua espingarda, e que a morte devia ter sido instantânea, pois a carga dera-lhe em cheio na cabeça, produzindo derramamento da massa encefálica. O cão fora morto com uma coronhada. Nada mais. Quanto ao assassino ou assassinos, o mistério continuou tenebroso como no primeiro dia. Nada se conseguiu averiguar, nem sequer o móbil do crime, pista que poderia levar à descoberta da verdade. E o drama tétrico esqueceu...

Não no coração da viúva... Passados quatro anos queimava--a ainda, como um ferro em brasa, a recordação da noite maldita, quem lhe teria assassinado o homem? Quem?...

Muita gente a tinha querido recolher, apiedada da sua negra sorte. A todos agradecia, recusando-se, porém, a abandonar a sua casa. A velha fidalga do Portal, onde tinha sido criada muitos anos, viera em pessoa à casa dela e, com instantes solicitações e rogos, tentara levá-la para o solar, onde estaria mais acompanhada, e onde nada lhe faltaria até os seus últimos dias. Mas tudo foi em vão. Rosa beijou-lhe as mãos, inundando-lhas de lágrimas comovidas, mas recusou, como recusara sempre.

"Não, senhora dona Maria das Dores, não, diz-me o coração que, se eu ficar, talvez saiba um dia quem me matou o meu Francisco. A alma dele, coitadinho, anda por aí e eu não a quero deixar sozinha. Não, senhora dona Maria das Dores, não..."

E mais dias passaram...

Ora aconteceu que uma manhã, estando ela a costurar, sentada à porta da cozinha, viu chegar das bandas de Monterroso um rapazito que, ao vê-la, apressou o passo saudando-a ainda de longe:

— Bons-dias, tia Rosa.

— Ah! És tu, Afonso? Olha que não te conhecia, rapaz! Estás crescido. Então o que te traz cá por estes sítios? Vens ver a tua avó?

— Nada, não senhora. Venho trazer-lhe uma carta.

A viúva deixou cair das mãos a camisa que estava remendando e encarou no rapaz, estupefata. Maquinalmente, pegou na carta que ele lhe estendia, abriu-a e começou a ler.

A carta constava apenas de duas linhas, mas, ao lê-las, o seu rosto pôs-se mais branco que a cal da parede, e as mãos tremeram-lhe como se de repente a atacasse uma sezão. A carta dizia assim:

> Senhora Rosa
>
> Se quer saber quem matou o seu homem, venha com esse rapaz a minha casa. Eu sei tudo e tudo lhe contarei.
>
> Rita

Ficou um bocado a olhar para a carta sem poder falar, sem sequer poder mexer um dedo, mas de repente, impelida por uma força estranha, que aos encontrões a pretendesse arrastar até o ponto misterioso do seu destino, levantou-se, deixando tombar do regaço a costura, que não apanhou, entrou em casa e voltou dali a instantes vestida com os seus trajes decentes de viúva: o xale a cobri-la toda e o lenço apertando-lhe o rosto miudinho num nó de pontas compridas sob o queixo.

— Vamos lá, rapaz — disse sacudidamente.

Quando se avistaram as primeiras casas de Monterroso, o rapaz apontou para uma delas, a uma grande distância das outras, erguida a meia encosta, à entrada dum souto umbroso, coberta de telha nova de Marselha e toda engrinaldada de madressilvas.

— Lá está.

A viúva dirigiu o olhar para a casa, que alvejava a distância, e perguntou:

— Aquela não é a casa do ti[1] Antônio do Prior?

— É sim, senhora, mas ele já morreu há uns poucos de anos.

Ela fez com a cabeça um leve sinal afirmativo.

O rapaz, ansioso por quebrar o longo mutismo em que a sua companheira se tinha encerrado desde que saíra de casa, apressou-se a esclarecer:

— E os dois filhos morreram a semana passada. Ficaram debaixo da saibreira... A ti Rosa soube?

Novo sinal afirmativo.

— A senhora Ritinha veio logo a seguir, assim que constou. Ela, desde a morte do velho que não vinha cá. Esteve uns poucos de anos lá para a cidade, para casa da madrinha. Agora trouxe um rapazinho... a modos que é filho... Ele chama-lhe mãe...

A viúva não respondeu. Com os seus olhos de água tranquila seguia a fila sinuosa dos choupos, marcando os zigue-zagues da ribeira, pensativa e recolhida. Que lhe iriam dizer? Como sabia a Rita do Prior o que ela, a interessada, ignorara durante tantos anos?...

O rapazito empurrou de repente, adiante dela, na volta dum caminho, uma pequena cancela verde e entrou. Ela seguiu-o.

Um quintal muito comprido, muito bem tratado, todo cultivado. Ao meio, um caminho empedrado, coberto por uma ramada já cheiinha de uvas a amadurecer. Ao fundo, a casa toda engrinaldada de madressilvas em flor. Cheirava bem. Não se via vivalma. Um grande silêncio. De repente, chegou-lhe aos ouvidos o risinho de fonte duma boca pequenina. Em frente da casa, um pequerrucho dos seus quatro anos brincava sozinho, enchendo de pedras miudinhas uma lata de sardinhas

[1] Forma abreviada de tio. (N. do E.)

vazia, presa a um cordel, sob os olhares atentos dum grande cão malhado de preto e branco, deitado à sombra, junto da casota.

O pequenino voltou para ela os dois grandes borrões de tinta dos olhos, e o rosto encheu-se-lhe duma intensa alegria ao deparar-se-lhe o rapazito que a acompanhava.

— Olhe, ti Rosa, suba vossemecê por essa escada, que a senhora Ritinha está sempre lá em cima, a coser, na casa de fora.

A viúva, sem uma palavra, subiu pela estreita escada que o rapaz lhe indicava e entrou. Ninguém na casa de fora. A luz entrava a jorros pela janela aberta sobre o quintal, onde o riso do pequenito retinia, mais expansivo agora. Sentiu de repente passos na alcova ao lado. Olhou. À porta surgiu a loura figura luminosa da bela Ritinha do Prior. Alta, robusta, muito loura, com uns lindos olhos pontuados de ouro, encarou a viúva frágil e miudinha que mal podia ter-se de pé e, numa voz muito doce, onde se adivinhava uma intensa compaixão, disse-lhe, indicando-lhe uma cadeira baixa ao lado da janela:

— Sente-se nessa cadeira, senhora Rosinha. Pensei que viesse mais pela hora da fresca...

A viúva não lhe tirava os olhos de cima, muito séria, e, sem forças, deixando-se cair na cadeira que a outra lhe indicava, murmurou apenas:

— É verdade que vossemecê sabe alguma coisa da morte do meu homem?

A outra pôs o dedo na boca, pedindo silêncio. Dirigiu-se para a janela, que fechou, fez o mesmo à porta e só então respondeu, muito séria.

— Isso é um segredo que a justiça não deve saber. Os matadores já não têm que lhe dar contas. Agora é com Deus!

— Morreram? — gritou a viúva, ofegante.

— A semana passada.

— Ah! — e a viúva encarou a outra com os olhos inundados de lágrimas.

— Perdoe-lhes como eu lhes perdoei, para que Deus lhes perdoe...

E, num tom de grande decisão, acrescentou, sentando-se ao lado dela noutra cadeira:

— Vou contar-lhe tudo.

E com a voz molhada de lágrimas reprimidas:

— Morreram sem confissão, senhora Rosinha, tem que lhes perdoar, que as almas deles andam por lá aos trambolhões, tem que lhes perdoar para que Deus os tenha na sua santa glória...

A viúva não respondeu. Com os cotovelos fincados nos joelhos, a cabeça entre as mãos, esperou que a outra continuasse.

— Eu conversei muitos anos com o seu Francisco. Vossemecê sabia?

A viúva, sem mudar de posição, disse que sim com a cabeça.

— Pois foi por via do meu pai que a gente não se casou. Eu gostava dele a valer, e ele de mim. Mas o meu pai tinha alguma coisinha de seu, e o Francisco não tinha nada, era um triste jornaleiro. O meu pai arrimou pés à parede, e não houve quem o convencesse. Foi então que um belo dia o Francisco abalou de repente, sem eu saber, para o Portal, onde a conheceu a vossemecê em casa da senhora dona Maria das Dores. Quando ele se casou, vieram-mo logo dizer, mas para lhe falar a verdade, olhe que não me importei! Isto de olhos que não veem, coração que não sente...

"Pelos santos", prosseguiu depois duma pausa, "fui à última romaria, à Senhora dos Remédios. Má hora em que eu lá fui! Antes tivesse partido ambas as pernas! Assim que cheguei, vi-o logo no adro, a ele e a mais uns poucos, rapazes daqui da freguesia. Começamos a chalacear e, à noite, dançamos juntos umas poucas de vezes..."

A viúva continuava imóvel. A outra, com os seus grandes olhos pontuados de ouro, seguia no espaço a visão radiosa do amor passado, enterrado na cinza quente dos dias mortos, fogueira de labaredas altas ao calor dum olhar, ao sopro de loucura duma noite de romaria.

E, mais baixinho, continuou:

— Começamos outra vez a conversar. Eu bem sabia que ele era casado, mas queria lá saber! Eu estava doida, senhora Rosa! Aquilo foi uma tentação do demônio! Ele vinha já de noite... Eu estava à espera dele no souto, ou então, se estava a chover, no telheiro lá de baixo. Que tempo!...

O peito ergueu-se-lhe num fundo suspiro, e o olhar, fixo nos montes azulados de Espanha, encheu-se-lhe dum mágico clarão de saudade.

— Um dia comecei a sentir-me mal — prosseguiu —, a não comer, a deitar fora umas tristes migalhas que levava à boca. O velho desconfiou, disse-o aos meus dois irmãos que também andavam já meios desconfiados e, uma noite, os três fecharam-me aqui nesta casa — e a sua voz molhada de lágrimas tremeu à evocação da cena atroz —, puseram-me em confissão, bateram-me, e eu disse-lhes tudo... O que eles mais queriam saber era o nome, o nome do homem, do pai do meu filho...

A viúva levantou a cabeça num repelão:

— E vossemecê disse-lho?...

A outra baixou a cabeça, confusa, sob o olhar fulgurante da viúva.

— Matavam-me se eu não dissesse...

Um grande silêncio, carregado de torvas ameaças, tombou entre ambas, como um abismo fundo. Ouviu-se mais alto, mais cristalino, no ar pesado do meio-dia, o riso do pequerrucho, no quintal. Na estrada, por detrás da casa, as rodas dum carro de bois desferiram no silêncio notas agudas e nostálgicas de violino.

— E depois? — arquejou a viúva, voltando à mesma posição.

— Depois... — continuou a outra mais baixinho — fizeram-lhe uma espera, ali aos moinhos, mas Nossa Senhora dos Remédios teve dó de mim, ouviu-me, e ele nessa noite não veio! Tive modos de o avisar ao outro dia, por um bilhete que lhe mandei pela Joana Moca, e ele fez-me a vontade, esteve umas poucas de noites sem vir...

No soalho sentiu-se de repente um ligeiro baque. A viúva chorava, as mãos muito delgadinhas no lenço negro amarrado à cabeça. As lágrimas caíam-lhe, uma a uma, no chão, como pequeninas pérolas dum colar desatado. O que são as almas dentro da gente, Deus de misericórdia! Fundos lodosos cheios do formigar constante de milhares de coisas ignoradas e no alto, à tona de água, um espelho límpido e puro, onde os olhos se podem mirar confiadamente. Ela não soubera, não, não adivinhara nada daquela alma ali tão perto dela, onde os seus olhos se miravam com uma tão grande confiança, não lhe vira o fundo lodoso, o formigar constante dos milhares de coisas ignoradas!... Ah, o seu Francisco! O seu homem!...

A outra tirou do bolso do avental preto um lenço onde enxugou os olhos dourados, marejados de lágrimas, e continuou:

— Foi então que eles pensaram em ir ao Pinhal para o matar. Uma noite senti sair os dois... Que noite aquela! Parecia que se acabava o mundo! O velho veio fechar-me à chave, mas eu saltei aqui por esta janela e abalei por o atalho fora atrás deles. Mas perdi-os de vista lá adiante, ao entrar no Pinhal. Chovia tanto! O vento quase me levava pelos ares! Tive medo de me ver ali sozinha e cortei para a estrada da cidade. Era quase manhã quando bati à porta de casa da minha madrinha. Foi lá que eu soube ao outro dia que sempre o tinham acabado... A minha madrinha recolheu-me, que eu nunca mais quis voltar para casa.

E quase num murmúrio:

— Tive lá o meu filho...

Ia continuar, mas, olhando para a viúva, viu-a muito pálida, com a cabeça encostada à parede, desfalecida, com uns olhos muito abertos, vagos adiante de si. Levantou-se dum salto e correu para ela, assustada.

— Dê-me uma pinguinha de água — murmurou a viúva.

Quando ficou só, enquanto a outra, pressurosa, lhe ia buscar a água pedida, conseguiu recobrar as forças e foi abrir a janela. O ar, carregado do doce perfume da madressilva, entrou numa lufada pela casa dentro, com o riso cristalino do pequerrucho. A viúva debruçou-se. Os grandes olhos escuros ergueram-se, num pasmo, para o suave rosto desconhecido lavado em lágrimas. Pôs-se em bicos de pés e estendeu-lhe a lata vazia na pontinha dos dedos cor-de-rosa: "Oh..."

Quando a outra voltou com o copo de água, os dois, já amigos, conversavam animadamente...

O Sol, ainda alto, entornava rios de ouro pela estrada fora. Dourava tudo: as árvores, a capelinha da Senhora dos Remédios, as serranias de Espanha, o casario da aldeia, toda a paisagem em torno, como para a passagem dum deus magnífico e triunfante. Vinham da escola os rapazitos, aos saltos, como arvéloas[2] que nunca se cansam de saltar antes de a noite cair na macieza dos ninhos.

Um rapazito dos seus sete anos, de olhos escuros, borrões de tinta num rosto dourado de sol, cabeleira amarela em ondas largas como pétalas de girassol, deixou de repente os companheiros e meteu por um atalho, direito a uma casa que alvejava a meia encosta, à entrada dum umbroso souto, de telhado vermelho, engrinaldada de madressilvas.

Abriu a cancelinha verde, seguiu a rua empedrada coberta por uma ramada já cheiinha de uvas a amadurecer, fez uma festa ao velho *Guadiana*, que abanou festivamente a cauda em sua honra, e gritou para cima: "Mãe!"

À janela engrinaldada de madressilvas assomaram, no mesmo gesto repentino, duas cabeças de mulher e ambas responderam ao grito no mesmo tom de carinho, com o mesmo acento maternal e enternecido: "Filho!"

---

[2] O mesmo que alvéloa, ave encontrada na Europa, na Ásia e no norte da África. (N. do E.)

O regresso do filho

— Nazaré! Eh, Nazaré! Onde diacho se meteria o raio da rapariga?!

E, depois duma breve pausa, berrou mais alto:

— Eh, Nazaré!

— Pai! — gritou de dentro uma vozita esganiçada. — Lá vou!

— Então tu não ouves chamar, mulher?! Há mais de quanto tempo "Nazaré, Nazaré" e tu sem apareceres! Pareces mouca!...

— É que eu...

— Anda lá, anda lá... — atalhou o velho bruscamente. — Lê lá a carta que chegou agora da vila. É do teu irmão!

E o senhor Justino Urbano, da Herdade das Pedralvas, metia à cara da rapariga, num alvoroço, numa impaciência impossíveis de disfarçar, a carta já saída do envelope, onde as garatujas do filho se ostentavam, grossas e bem legíveis sobre a brancura da folha de papel.

A rapariga pegou na carta e, rapidamente, deu princípio à leitura:

Meu pai:

Quando esta lhe chegar às mãos, vai ficar muito triste com a notícia que tenho para lhe dar, pois vossemecê gostava muito do Justino, que era seu afilhado. Pois é verdade, o Justino tenho a certeza que morreu lá para aquelas malditas terras do interior, para onde a sua desgraça o levou vai fazer um ano. Nunca mais se teve notícias dele e já não é o primeiro que para lá fica...

A rapariga, com a voz a tremer, interrompeu a leitura para enxugar uma lágrima à ponta do aventalito de chita. O senhor Justino Urbano tossiu para disfarçar a comoção que o invadia.

— Anda lá... anda lá... — murmurou.

... Coitado do compadre Gabriel quando souber. Eu não lhe mandei dizer nada. Escrevo-lhe a si para lhe ir dar a notícia, que sempre será melhor, pois o filho deve estar morto a estas horas. Já há mais de três meses que chegaram boas notícias de todos os que foram com ele, e por cá o que consta é que ele morreu.

Eu estou aqui bem e não faço tenções de ir para mais banda nenhuma a não ser para as nossas terras, pois isto de terra de pretos nunca costuma dar bom resultado, como aconteceu ao pobre do Justino.

Dê recados meus à prima Isabel e às pequenas, ao Elias, ao compadre Josué, ao Manel da Tenda e a todos os que por mim perguntarem.

Diga à nossa Nazaré que eu em breve lhe escrevo e que já cá lhe comprei, para lhe levar, um colar muito lindo de marfim e uns brincos de coral como os da professora de S. Bento.

E vossemecê receba um aperto de mão e muitas saudades deste seu filho que lhe pede a bênção.

Francisco Urbano

Ao terminar a leitura da carta, a rapariga, num ar de interrogação aflita, ergueu para o pai os grandes olhos escuros, marejados de lágrimas como duas amoras orvalhadas.

O pai, a olhar vagamente, ao longe, a mancha negra do montado, não fez um movimento.

A sombria moldura da porta da cozinha, aberta de par em par sobre o silêncio dos campos, fazia lembrar uma *cuvette*[1]

[1] Em francês, bacia, cuba. (N. do E.)

onde a paisagem luminosa, arqueando-se em grandes ondas largas até as altas serranias azuladas de Espanha, tomava o seu banho de ouro.

Veio até eles o brando arrulhar dum pombo. Outro desceu, num grande frêmito de asas, e começou a apanhar as migalhas, em movimentos rápidos, receosos, que lhe faziam cintilar o largo colar de esmeraldas e rubis que lhe cingia o pescocito airoso.

A rapariga, num gesto muito doce, amarrotava a carta, seguindo-lhe os movimentos.

De repente, a um gesto brusco do velho, o pombo desapareceu batendo as asas. Com um fundo suspiro, o velho transpôs a porta da cozinha, sem uma palavra.

* * *

No dia seguinte, logo depois de almoço, o senhor Justino Urbano, da Herdade das Pedralvas, meteu-se a caminho do Monte das Chãs, para ir dar a triste notícia ao compadre Gabriel.

Manhã tórrida de junho. As ceifas estavam à porta. Já os trigais maduros erguiam o ouro pesado das espigas nas hastes altas, num gesto hierático de oferta a qualquer deus pagão, enquanto as perdizes, repletas e desconfiadas, atravessavam à pressa os regos, por entre as searas, com a filharada atrás. O senhor Justino Urbano caminhava devagar, enxugando de vez em quando, com o grande lenço de chita vermelha, o suor que, sob o negro chapeirão, lhe inundava a testa, toda sulcada de rugas miudinhas. Inquieto, distraído, não tinha um olhar para o que o cercava, às voltas com o problema da sua árdua e tristíssima missão.

Que havia ele de dizer àquele pai?... Como havia de dizer àquele desgraçado que já não tinha filho?... Em que túmulo fechado iria ele transformar aquela casa, adormecida na feliz expectativa do regresso do herdeiro, logo que lhe transpusesse os umbrais?!...

O senhor Justino Urbano parou de repente junto a uma copada azinheira que, no cotovelo do atalho, desdobrava um lencinho de sombra na aridez da terra de pousio, tirou o chapéu que lhe escaldava a testa, atirou com ele para o chão num gesto raivoso, estendeu o lenço e sentou-se.

A terra onde os olhos se lhe perderam parecia não ter fim até os longínquos horizontes, onde se confundia com o céu. Minúsculas borboletas dum azul muito carregado, outras dum amarelo intenso como ocre, lembravam flores de charneca a que de repente tivessem crescido asas, na ânsia de fugirem ao triste destino que, tão doces, as prendera àquelas hastes secas e duras, que jamais tinham visto curvar-se em blandiciosos gestos de doçura. A seara madura era como que um outro céu, mais abrasado, dum esmalte mais vivo. As grandes azinheiras escuras, espalhadas aqui e ali, desenhavam desgrenhadas flores de sombra no ouro em pó das suaves colinas, arredondadas e fugidias, cordilheira de ondas pequeninas até onde os olhos as podiam seguir.

Em volta, o silêncio era tão profundo, tão religiosa e extática a paz dos campos, que os olhos do lavrador incrédulo se ergueram da terra numa instintiva ação de graças. A alma do homem, tão insignificante, sente-se às vezes ultrapassar o mistério infinito da própria existência e procura ansiosa um infinito maior ainda, onde perder-se; é nessas horas que o homem se sente perdoado do nefando crime de ser homem.

O Justino Urbano soltou um profundo suspiro, e os olhos encheram-se-lhe de lágrimas ao dar com o "monte" do compadre Gabriel, erguido no alto da mais elevada colina em torno, a uma meia hora de caminho. Era uma grande casa quadrada, branca de neve, à torreira do sol, sem a doçura duma árvore a dar-lhe sombra. É que os sombrios olhos alentejanos precisam encher-se de infinito, precisam das amplas extensões onde o ar corre liberto, e o sol, pelas tardinhas solitárias, adormece cansado, imperador aborrecido do seu trágico gozo de incendiar. Justino Urbano fixou por largo tempo o "monte" do compadre Gabriel; depois, lentamente foi-se levantando, apanhou o chapéu, o lenço, que dobrou cuidadosamente, deu dois passos para a frente, outros dois para trás e por fim parou, indeciso, sem saber o que havia de fazer.

— Não querem lá ver vossemecês a minha vida! — resmungou em voz alta.

De súbito, encolhendo os ombros, raivoso e aborrecido, vociferou num ar de grande resolução:

— Pois vou-me embora, pronto! Quem quiser que lho vá dizer!

E a passos rápidos, sempre resmungando, voltou costas à colina, onde a grande casa quadrada alvejava ainda a grande distância, tomando o caminho de casa.

Nada! Que ele tinha dois filhos que eram como duas medalhas e não queria acarretar-lhes desgraça falando em desgraças, não queria matá-los levando notícias de morte a um pobre homem que nunca lhe tinha feito mal nenhum!

"E quem sabe lá!", continuava ele no seu descosido monólogo. "Estas coisas tão longe nunca uma pessoa assente lhes pode dar creto[2] logo às primeiras. Os governos lá estavam para dar às pessoas estas tristes notícias, que eles lá é que sabem quem vive e quem morre. Não era só décimas e mais décimas em cima dum homem a pontos de, a bem dizer, lhe levarem quase a seara toda! O compadre Gabriel havia de o saber, que as más novas sabem-se sempre! Antes se não soubessem!", rematava num suspiro.

— Nada, nada! — repetia. — Não, que eu tenho dois filhos!

E no supersticioso medo, cheio de inquietação e egoísmo que de repente lhe oprimia o coração como numa tenaz de ferro, olhava desvairado a imensidade daquela terra que o cercava, como se ela lhe fosse cair toda às pazadas sobre os corpos inanimados dos filhos.

Quem o visse de longe tomá-lo-ia por um bêbado, coisa que o sisudo lavrador nunca tinha sido em dias de sua vida, tais eram os gestos e a raiva com que sacudia o chapeirão e o grande lenço de chita vermelha, desfraldado como um pendão de revolta, a que de vez em quando limpava a cara alagada.

---

[2] O mesmo que crédito. (N. do E.)

Quando chegou à herdade, a filha, que o não esperava tão cedo, por pouco não deixou cair a arregaçada de ovos que trazia da capoeira ao vê-lo, de camisa desabotoada, o chapeirão derrubado para a nuca, o sobrecenho carregado; e mais assustada ficou quando o viu arremessar para cima do grande poial da porta da cozinha, onde àquela hora se estendia já uma nesga de sombra, o lenço que trazia na mão.

Não se atreveu a interrogá-lo, nem o velho lhe deu tempo.

— Vai-me buscar um púcaro de água! Quem quiser que lho diga!! Eu é que não estou para isso! — trovejou, deixando-se cair para cima do poial.

A rapariga entrou na cozinha, donde voltou, passados instantes, com um grande púcaro de barro cheio de água fresca e, enquanto o pai bebia, sôfrego, a água límpida, ficou-se a olhar para ele, interdita e inquieta.

— Mas vossemecê não foi às Chãs?... — perguntou-lhe a medo.

— Não — tornou o velho numa voz mais doce. — Não tive ânimos. Faltou-me a coragem. Ainda cheguei ao Caminho Velho. Depois, assim que de lá avistei a casa, voltei para trás. Quem quiser que lho diga!

E, depois duma pausa, murmurou em ar de confidência:

— Tu bem sabes que o compadre Gabriel, desde aquela doença, nunca mais ficou bom. Tem lá assim a modos que umas ideias esquisitas... Não ficou lá muito certo! Tive medo que lhe desse alguma coisa, que ficasse para aí maluco, ou...

Deteve-se, vendo debuxar-se nos lábios da Nazaré um levíssimo sorriso.

— Vocês são mesmo umas cabras! — bradou, dando uma forte palmada no poial. — Tudo é uma risota! Tudo é uma risota!

A rapariga voltou a cara e ficou muito corada, entretendo-se a enrolar e a desenrolar a ponta do aventalito de chita. O velho caiu nas suas meditações, olhando vagamente o muro branco, em frente, onde o sol batia de chapa.

— Se vossemecê quisesse... — arriscou a rapariga, numa vozita receosa.

O velho voltou-se para ela, interrogando-a com o olhar.

— A ti Ana passa aí a noite. Hoje é quarta-feira e ela foi à vila com o Roque, que eu vi-os passar de manhãzinha. Diz-se--lhe a ela e...

— Ora é isso mesmo! Tiveste boa ideia! — interrompeu o pai. — A ti Ana criou o rapaz, vai ter muita pena, mas o pai sempre é pai, e ninguém melhor do que ela lho pode dizer. Tiveste boa ideia. Pois é a ti Ana mesmo que lho há de dizer!

* * *

Efetivamente, ao sol-posto, a ti Ana passou montada no burrito que o Roque, um garoto de rosto vivo e corpo desempenado, levava brandamente pela arreata, a caminho do "monte". A Nazaré tinha-a ido esperar à entrada do montado que cortava a meio o atalho que ia direito às Chãs.

— Pareces uma sardinha a assar nas brasas! — gritou-lhe de longe a ti Ana, a rir, ao vê-la aparecer, delgada e morena, sobre o horizonte avermelhado, onde o sol se sumia lentamente.

Quando, porém, meia hora depois, a ti Ana tornou a montar o burrito a que o Roque tomou a arreata num gesto de impaciência, pois era quase noite e as Chãs ficavam longe, a pobre velha já não ria; levava mais vinte anos sobre os ombros curvados, e os olhos tinham-se-lhe cavado subitamente, cegos das mais dolorosas lágrimas que uns olhos podem chorar.

O irmão ainda mourejava lá por fora quando ela chegou a casa. Chegou dali a bocado, já noite fechada, com o gado. Da cozinha, onde punha a mesa para a ceia, ajudada pela afilhada, uma filhita dum criado que tinha puxado para casa, ouvia-se o vozear dos homens, o tropear dos machos nas pedras do pátio, de vez em quando o mugido profundo e lamentoso dum boi, o ladrar incessante dos cães, a distância. A ti Ana parava de momento a momento na sua lida e ia disfarçadamente à porta da cozinha, para que a pequena não visse limpar à ponta do lenço preto os olhos que se lhe inundavam de lágrimas teimosas.

Quando o irmão transpôs a porta da cozinha, conversando

com os dois criados, deu-lhe as boas-noites em voz sumida e foi numa tremura que serviu a ceia, sem dar palavra.

Quando acabaram de comer, o irmão levantou-se e, como de costume, nas noites abafadas de verão, foi fumar um cigarro, sentado num poial de tijolo que corria a todo o comprimento da casa e donde se avistavam, em noites luarentas, os "montes" muito brilhantes, engastados na meia-luz dos outeirinhos suaves, correndo brandamente até as altas serranias de Espanha.

— Estava muita gente na feira? Trouxeste as cordas? — perguntou-lhe ele de lá, ouvindo-a ainda lidar na cozinha.

— Trouxe — respondeu ela num murmúrio.

— Sabes? — tornou ele —, aquelas terras de semeadura da banda de cá do rio, as do ti Samuel, estão para vender. Fui hoje vê-las. Quando o rapaz voltar... Aquilo era tudo uma herdade. Não te lembras?

Ela não pôde responder, a garganta opressa pelos soluços.

Ele continuou:

— Bem boa seara, a do Brás! A terra é igual... Eu não tenho agora dinheiro, mas se elas não se venderem até lá, quando o meu rapaz voltar...

— Ó Gabriel — conseguiu ela articular, transpondo a porta da cozinha e ficando de pé ao lado dele. — Não sei o que me adivinha o coração... Há quase um ano que não temos carta do Justino... Se lhe tivesse acontecido alguma coisa?...

O velho, sobressaltado, levantou para ela o rosto, subitamente duma palidez de cera.

Via-se como de dia. O luar era uma cascata de luz despenhando-se dos outeiros. Inundava e submergia tudo. As sombras tinham-se refugiado aos cantos, muito encolhidinhas, expulsas de toda a parte pelo dilúvio; e o manancial de luz correndo pelas colinas arredondadas, pelos vales fugidios, perdendo-se nos longes, era de minuto a minuto mais farto e transparente, alagando os "montes" muito caiados, erguidos a meio das encostas ou nos altos, duma brancura milagrosa.

— Sim... — gaguejou ela. — Soa-se para aí que o nosso Justino...

E já com as lágrimas a correrem-lhe em fio pela cara abaixo:

— Foi em casa do compadre Justino que mo disseram, hoje mesmo, quando voltava da feira. Receberam carta do Chico em que dizia que o nosso Justino, coitadinho, tinha morrido, lá para aquelas terras do interior...

Foi tão desvairado o olhar que o velho lhe lançou que ela teve medo e apressou-se a dizer, enxugando as lágrimas:

— Ninguém nos mandou dizer a nós. Tem fé, Gabriel! Quem sabe lá! Pode ser que não seja assim...

O velho não respondeu, mas deixou pender a cabeça e os braços, num ar de desolação tão atroz que a ti Ana correu para ele e, levantando-lhe a cabeça, procurou animá-lo. Ele, sem forças para a interrogar, tinha fechado os olhos como se esperasse o golpe supremo, resignado.

— Então, Gabriel! Tem ânimo, homem! Pode ser, pode muito bem ser que o nosso Justino volte. Isto há de ser tudo mentira! O padrinho diz o mesmo. Lá dos governos é que têm obrigação de dizer quem vive e quem morre. A gente cá não sabe nada. Então, Gabriel!

O velho ergueu lentamente a mão trêmula, para que a irmã se calasse e, numa voz que mal se ouvia, murmurou:

— Deixa-me sozinho.

E como ela se preparasse para responder, ele repetiu a súplica no mesmo tom muito doce, na mesma voz sem timbre:

— Deixa-me sozinho.

Ela não ousou desobedecer-lhe. Fez-lhe a vontade e entrou na cozinha, reprimindo os soluços que lhe afogavam o peito. Ao retirar-se para o seu quarto, depois de tudo arrumado, foi à porta espreitá-lo; viu-o na mesma posição, quase deitado sobre o banco, a cabeça pendida para o peito, os braços caídos.

— Vou-me embora, Gabriel — disse-lhe muito baixinho. — Tem cuidado com a porta da cozinha. Vê lá, não a deixes aberta...

Ele não respondeu.

Quando se sentiu completamente só, e o silêncio o envolveu como as rígidas pregas dum sudário, sacudiu o torpor em que caíra, levantou-se lentamente e deu uns passos pelo pátio.

Depois, sem lançar sequer um olhar para a porta da cozinha, aberta de par em par, encaminhou-se para a horta, de que se via alvejar a distância o murozinho branco. Empurrou o portão de ferro que nunca se fechava. Na bela terra alentejana não há ladrões porque não há fome, e o lavrador não é desconfiado. Entrou. A horta com o muro à volta, baixo, caiado de fresco, fazia pensar num alegre e romântico cemitério de aldeia, onde mortos dormissem descansadinhos, na paz do Senhor.

O velho sentou-se numa pedra rente à terra e abraçou num olhar vago os talhões bem tratados, o regato de água límpida que cortava a horta, para as regas, o laranjal, massa sombria ao fundo, donde vinha em lufadas um ar carregadinho de perfumes. A lua, espreitando por cima do muro, deslizando por entre os ramos das árvores, caía de borco sobre a fonte, e os seus mil raios prateados eram na água outros tantos barquinhos luminosos que as gotas, caindo da bica em branda cadência, faziam vogar e submergir-se. O regato, a seus pés, corria sem cessar, num estonteamento de garoto, rindo a bom rir por entre o morangal até sumir-se lá ao canto, junto ao muro, na sua fofa caminha de musgos de veludo verde-escuro.

O velho abrangeu tudo aquilo num olhar que a pouco e pouco se ia tornando mais consciente, sorveu o ar com a ânsia de quem se sente asfixiar e levantou a cabeça num gesto de desafio e de orgulho.

Ah, não! Não podia ser! O seu filho não podia ter morrido assim, longe dele, longe da terra, longe de tudo que o vira nascer, de tudo que o vira crescer e fazer-se homem! Ah, não! Não podia ser! O filho!... O seu menino, o seu rapaz, que tanto lhe custara a criar sem mãe, que tantos cuidados lhe dera, que só a fraqueza do seu amor deixara partir assim à aventura como seu desejo fora, o seu maior sonho de riqueza, teria desaparecido assim como uma pedra do chão, um punhado de terra, uma haste de erva rasteira, sem nada ter ficado dele, nem ao menos um túmulo, um montão de terra num cemitério, com uma cruz ao alto a proteger-lhe o sono!

E aquelas árvores, que já ali estavam quando ele nascera, que as nortadas tinham sacudido, queimadas pelas geadas, despidas e açoitadas pelas mãos brutais do inverno, continuavam ali, continuavam a viver, poupadas pelos anos, protegidas pelo destino, intactas, quase iguais às que ele vira em pequenino!

Ah, não! Não podia ser!...

E a esperança foi-se-lhe insinuando no peito, toda a noite, a passos leves, cautelosa e traiçoeira. Um clarão de loucura atravessou-lhe as pupilas baças, e os cantos duros da boca torceram-se num jeito de sorriso. Levantou mais a cabeça. Uma quase certeza invadia-lhe a alma torturada, fazia-lhe bater o coração como se tivesse vinte anos e um grande milagre lho florisse como um altar. A sua imaginação, sempre um pouco insensata, apresentou-lhe o filho cheio de força e saúde, com as mãos plenas de riquezas, de volta à casa onde nascera, comprando terras, todas as terras em volta, as terras de pão que ninguém, a peso de ouro, recusaria vender-lhe, fazendo das Chãs a maior herdade daquelas redondezas, daquelas vinte léguas até serras de Espanha.

E, quando, de manhãzinha, o sol assomou, todo cor-de-rosa, no horizonte vestido de cores pálidas, dum louro de topázio, dum suave lilás de anêmona, num dia verde translúcido de certas asas de libélulas, o nosso homem tinha tanto a certeza de que o filho havia de voltar, e voltar rico, como tinha a certeza de existir, certeza firme e funda como firmes e fundas aquelas árvores tinham vivido quase intactas, anos e anos pregadas ao duro chão alentejano.

E daquele dia em diante, acentuando-se a loucura, mais se lhe meteu em cabeça a cisma de que o filho estava vivo e voltaria rico, e começou por toda a parte a falar com grande entusiasmo da compra de terras que ia fazer, chegando a entrar em negociações com os proprietários que, conhecendo-lhe a mania, abanavam gravemente a cabeça com um misto de comiseração e ironia e uma grande malícia nos olhos escuros, semicerrados.

Passaram-se assim dez anos. Nasceu gente e morreu gente; voltou remediado e de saúde o filho do senhor Justino Urbano, da Herdade das Pedralvas; o mundo continuou nas suas voltas e reviravoltas eternamente incógnitas ao nosso entendimento, mas do Justino do Gabriel das Chãs é que nunca se soube nem novas nem mandados. A pouco e pouco, um primeiro, outros depois, todos o foram esquecendo... Só o pai continuava à sua espera, certo do seu regresso como no primeiro dia. "Quando o meu rapaz voltar...", dizia ele...

Ora deu-se o caso que, um belo domingo de fevereiro, estando o senhor Justino Urbano a acabar de jantar em companhia dos dois filhos, viram com grande surpresa entrar pela porta dentro o vulto dum desconhecido, um vulto estranho e inquietante, que fez soltar à Nazaré um grito de terror.

Parecia efetivamente um maltês, um desses mendigos vagabundos que costumam rondar pelas herdades ao lusco-fusco, rosnando a súplica, que é quase uma ameaça, da tigela da sopa e do agasalho para a noite. Vinha enrolado quase até as sobrancelhas numa manta velha, cujas pontas tocavam o chão; trazia na mão direita um grosso cajado, a que se arrimava, na esquerda um saquinho de chita, onde mal podia caber uma muda de roupa.

Mal podendo ter-se nas pernas, amarelo como um círio, o homem desembuçou-se um pouco, encostou-se à porta e, numa voz que a emoção enfraquecia e os soluços embargavam, murmurou:

— Padrinho! Sou eu...

O senhor Justino Urbano deu um salto como se um aguilhão o picasse, ao reconhecer naquele espectro o afilhado, e correu para ele, abraçando-o a rir e a chorar, num alvoroço.

— Ó Justino! Ó rapaz!

A Nazaré, debulhada em lágrimas, e o Francisco foram-no amparando, levando-o devagarinho para uma cadeira baixa, ao cantinho da chaminé.

O senhor Justino Urbano parecia doido. Fazendo grandes gestos, não deixando falar ninguém, fazia andar tudo numa poeira, dando ordens e mais ordens, todo entregue à mais inebriante alegria da sua vida.

— Deixa lá, homem! Tira-te daí, Francisco — berrava para o filho. — Deixa-o tomar ar, cos diabos! Vai buscar lenha seca à loja! E tu, boca aberta — gritava voltando-se para a filha, que, de pé, considerava o Justino com os olhos rasos de água —, que estás para aí parada como um andor?! Despacha-te! Vai matar um frango! Põe água a ferver, anda mulher!...

— Ora esta! — dizia para o afilhado. — Uma assim nunca na minha vida vi! Ora o Justino!... Mas como vieste tu cá parar ao fim de tantos anos?!

O Justino sorria enlevado, estendendo à chama as mãos muito magras e trêmulas.

Como tinha vindo cá parar!... Como os regatos vão parar ao mar, a planta ergue a haste para o Sol e as nuvens se fundem nos horizontes! A terra chamara-o sempre e, longe dela, nunca a sorte o bafejara, nunca! Ai, as saudades que ele tinha tido! Naquelas terras de África exuberantes e riquíssimas, entre aqueles extensos milharais dum verde intenso e cru, no meio toda aquela opulenta vegetação carnuda e forte, crescendo à doida, lamentara do mais fundo da sua cismática e austera alma alentejana os seus campos incultos, as suas charnecas bravias, o cheiro a feno, a ervas amargas, a tostado, os seus pequeninos prados, colchas bordadas a malmequeres e a botões de ouro que a primavera estendia à beira dos raros regatos, os ondulantes trigais salpicados de papoulas, toda a sua terra a saber a rosmaninho e a alecrim, toda a sua linda província recolhida e calma, que ele evocava como uma doce rapariga de rosto moreno, olhos baixos e boca séria. Ai, as saudades que ele tinha tido!

E o Justino, em voz muito fraca e ansiosa, depois de tomar a pequenos goles a chávena de caldo muito apetitosa, a cheirar a hortelã, que a Nazaré lhe preparara num instante, e de ter chupado uma asita e uma perna de frango, pôs-se a contar aos três, que o ouviam cheios de piedade, a sua triste história, história de desilusão e amargor. Os anos de luta e de esperança primeiro, as suas ambições, os seus sonhos; depois a sua partida para o interior, o roubo de que tinha sido vítima, a doença, as malditas febres, a falta de recursos, por fim, o hospital, a vergonha que alguém soubesse na terra a miséria em que caíra, o desânimo que dele se apoderara e que o fizera permanecer ignorado e esquecido, dado por morto durante todos aqueles anos. Depois, ao sentir aproximar-se a morte, a ansiedade de partir, de vir abraçar os seus, de morrer na sua terra, na sua cama, de vir ver a sua casa e os seus campos. A ideia de ficar para ali, abandonado como um cão, sem ninguém que lhe fechasse os olhos, enchia-lhe a alma de pavor. Numa voz que de vez em quando se molhava de lágrimas, contou depois a medonha odisseia da viagem, tudo o que tinha sofrido, pensando não chegar vivo a casa, com o pensamento atroz de morrer no mar, de ser atirado para os peixes com um peso aos pés, como um bocado de carne podre. Mas conseguira chegar a Lisboa, depois à vila. Por uma vez tivera sorte! Pusera-se logo a caminho, a pé, pois gastara os últimos cinco réis e já não se importava de morrer, agora que estava na sua rica terra da sua alma!

— Qual morrer, nem qual carapuça! — bradou o senhor Justino Urbano, dando uma palmada em cima da mesa que fez tilintar a tigela e o copo. — Quem é que fala em morrer? Com uma açordinha todos os dias ao levantar, umas migas com chouriço e um bom copázio de vez em quando, crias carne e ficas rijo e fero num mês! O Francisco também assim chegou um pelém[3]! E olha para ele, a ver se o conheces!

A Nazaré e o irmão enxugavam os olhos disfarçadamente. O Justino sorriu, menos pálido, menos trêmulo na atmosfera de bem-estar e de cordialidade de que se sentia rodeado.

— Agora — tornou o senhor Justino Urbano —, lá para a tardinha, quando te sentires com mais força, põe-se o macho ao carro e vamos até as Chãs.

O Justino ergueu para ele os olhos brilhantes de febre e atreveu-se a fazer a pergunta que desde a chegada se lhe adivinhava nos lábios. A medo murmurou:

— E a minha tia?... E o meu pai?...

— A tua tia — respondeu o senhor Justino Urbano, num tom um pouco contrafeito e esforçando-se para dar às pala-

[3] Homem excessivamente magro. (N. do E.)

vras um tom natural. — A tua tia lá está, muito velhinha mas lá anda. Agora o teu pai... sim... vais vê-lo. — E em voz mais firme: — Está rijo! Está bom!

O Justino sorriu apaziguado e ficou-se a dormitar.

À tardinha, o macho posto ao carro, o Justino bem instalado numa cadeirinha e bem agasalhado num amplo capote à alentejana de farta gola de peles de raposa, os três homens lá foram a caminho do Monte das Chãs.

A tarde declinava já. Os campos abandonados espreguiçavam-se a perder de vista, vagamente polvilhados de ouro, dum ouro pálido que esmaecia. O rapaz ia calado, embevecido. A cada canto um fantasma, uma recordação; a cada volta da estrada uma saudade. Os olhos prendiam-se-lhe a tudo, pareciam levar beijos no olhar, como se pousassem devotamente em qualquer coisa de sagrado.

Passou no alto um bando de pássaros negros. Só num pé, à beira dum regato, grave e melancólico, uma cegonha cismava. O Justino sorriu. Era tudo como dantes. Nada tinha mudado.

Ao atravessarem o montado do Ribeiro, o padrinho voltou-se para trás e inquiriu, num ar vagamente inquieto:

— Vais bem?

Ele acenou que sim com a cabeça.

Dali a instantes o senhor Justino Urbano tossiu, assoou-se e, sem se atrever a olhar para ele, tornou:

— O teu pai... não o estranhes... Anda a modos que esquisito de há um tempo para cá...

E ao ver o rapaz sobressaltar-se:

— Não é nada de cuidado — apressou-se a explicar. — Velhice. Ele já deve andar pelos setenta. É mais velho do que eu um bom par de anos.

O silêncio caiu, cheio de pensamentos tristes. O Francisco, para se animar, começou a assobiar as "saias" daquele ano. O macho caminhava sem se apressar, contornando os montes, que, na brandura da tarde, pareciam recolher-se como pássaros para dormir.

Ao passarem pela azinheira grande, no cotovelo do atalho onde o senhor Justino Urbano, anos antes, tinha passado uns momentos bem amargos, avistaram a casa, o montado das Chãs, o murozinho da horta embaixo. O rapaz estendeu os braços como se quisesse abraçar tudo num abraço muito apertado, muito cingido ao peito alvoroçado e contente naquela bendita hora, tão sonhada, do regresso!

Era noite quando chegaram. Inquietos, os cães ladraram raivosamente. A ti Ana, corcovada e trôpega, abriu a porta da cozinha e espreitou para fora. Ao reconhecer a voz do compadre Justino, recuou e foi à pressa buscar a candeia.

— Quem é? — perguntou uma voz do canto da chaminé.

— Boas-noites — gritou da porta o senhor Justino Urbano. — Cá estamos, compadre! Venha de lá uma pinga! Trago-lhe uma visita!

— Uma visita... — balbuciou o velho, interrompendo o cigarro que estava fazendo e olhando curiosamente para onde sentia um rumor de vozes.

Entraram todos. A ti Ana, que ainda segurava a candeia, ao dar com os olhos no Justino soltou um grito e agarrou-se num desespero ao Francisco, sem tirar os olhos do sobrinho, que reconhecera logo.

Este, sem poder avançar um passo, branco como a cal, ficou à porta, a olhar de longe o pai sentado à chaminé.

— Ora essa, compadre! — tornou a voz trêmula do velho. — Entre. Cheguem-se cá para o lume.

O senhor Justino Urbano avançou, amparando o afilhado, que tremia como varas verdes. Entrou com ele na zona iluminada. A chama do lume e a luz da candeia deram-lhe em cheio no rosto, descobrindo-lhe as feições como em pleno dia.

Todos olhavam como que petrificados, os peitos opressos pela poderosa emoção da cena, à espera...

O velho, muito alquebrado, trêmulo, levantou a cabeça toda branca e cravou os olhos no filho que de pé, ansioso, fremente, o olhava também, pronto a lançar-se-lhe nos braços.

O velho abriu mais os olhos. Um lampejo de lucidez atravessou-lhe, numa vertigem, as pupilas baças, teve um sobressalto brusco, quase deixando cair o cigarro que segurava, o rosto contraiu-se-lhe numa expressão de ansiedade, de angústia, num esforço de compreensão, de tortura inenarrável, e os braços esgueiraram-se-lhe instintivamente no largo gesto de quem vai abençoar.

Mas foi um momento... Desviou os olhos... as pálpebras tornaram a descer brandamente sobre as pupilas foscas que as sombras da loucura obscureciam. Estendeu o braço, procurando no lume um ramo a arder onde acender o cigarro e, indiferente, longínquo, tornou, na sua voz trêmula, num risinho pueril e quebrado:

— Pois é verdade, compadre... Quando o meu rapaz voltar...

Sobre a autora e sua obra

Alma e Vida: a trajetória biográfica de Florbela Espanca

Florbela D'Alma da Conceição Espanca[1] nasceu em Portugal, Vila Viçosa, no ano de 1894, numa época em que a condição de submissão era o legado das mulheres. Desde a infância a figura do pai foi-lhe de grande estima, mesmo tendo sido Florbela concebida num relacionamento clandestino. Em virtude de tal situação, sua mãe a registra como filha de pai incógnito. Vale salientar que a mãe de Florbela fora abandonada pelos pais, criada por uma senhora que trabalhava nos correios de Vila Viçosa e que lhe deu seu sobrenome, Lobo, passando, assim, a se chamar Antónia da Conceição Lobo[2].

---

[1] Segundo Rui Guedes, "Apesar de ter sido baptizada como nome FLOR BELA LOBO, logo que começa a escrever passar a usar Florbela d'Alma da Conceição Espanca, possivelmente por influência do pai" (Acerca de Florbela Espanca, Lisboa, Dom Quixote, 1986, p. 26). Já o *Dicionário da Literatura Portuguesa, Brasileira, Galega, Africana, Estilística Literária*, organização de Jacinto do Prado Coelho, registra uma pequena alteração: Florbela de Alma da Conceição Espanca (p. 304).

[2] A Antónia Lobo foram negados vários direitos básicos: o de ter uma família, conhecer seus pais, o de ter um marido, de ser mãe de seus filhos e de ser mulher. Subjugada, foi abandonada e usada

Seu pai, João Maria Espanca, era um Don Juán, que manteve com a mãe de Florbela um relacionamento amoroso que teve como outro fruto mais um filho, Apeles Espanca (nascido em 10 de março de 1897). Esse relacionamento extramatrimonial era conhecido pela esposa "oficial", Mariana Inglesa, que não podia lhe dar filhos. Dessa forma, Florbela foi criada passando meses com a mãe biológica (que trabalhava como empregada na casa do pai) e outros com o pai e a madrasta. A perfilhação só acontecerá após a morte da poetisa, e a do seu irmão, em 1949. Segundo Manuel Serrano, é nesse ano que um grupo influente de pessoas (entre as quais alguns nomes fundadores do Grupo de Amigos de Vila Viçosa) pede a João Maria Espanca que confirme a paternidade tornando-a oficial. Serrano acredita que isso não foi feito com intenções de reivindicar direitos de autor, mas que se tratou sobretudo de "uma reposição da verdade e um ato de justiça que só peca por ser tardio e que representa mais um drama na vida de Florbela"[3].

No final de outubro de 1908, a família Espanca muda-se de Vila Viçosa para Évora, para que Florbela pudesse dar continuidade aos estudos no liceu André de Gouveia (o mesmo edifício da antiga e atual Universidade de Évora). Fica seu irmão, Apeles, na casa do prof. Romeu, em Vila Viçosa. Em Évora, a futura escritora também começa suas primeiras incursões literárias, colaborando com o jornal *Notícias de Évora*,

---

sempre que o queriam. Talvez, cremos, era exatamente essa situação que Florbela não queria para sua vida; conscientemente ou não, a poetisa lutava para não ser um objeto, principalmente nas mãos dos homens. A Antónia Lobo restou apenas cuidar de Apeles, já que Florbela ficou com o pai, porém quando o menino completou 4 anos, deixou-o com o pai e foi para Évora, a viver mais uma vez subjugada por outro homem, chegando até a prostituir-se para sobreviver. Voltou a Vila Viçosa apenas para morrer, e segundo as próprias palavras de Florbela "morreu de uma doença que ninguém sabe o que é"; possivelmente uma doença de foro psíquico.

[3] "O amor e o trágico na vida de Florbela Espanca". In: *Callipole*, nº 15, Vila Viçosa, Câmara Municipal de Vila Viçosa, 2007, p. 206.

João Maria Espanca em fotografia com duas mulheres desconhecidas e seus filhos, Florbela Espanca e Apeles Espanca.

Florbela e o irmão.

com um soneto intitulado "O espectro"[4], dedicado a Júlia Alves. O amor, esse sentimento que ora é acalentador, ora arrebatador na obra de Florbela, esteve presente na sua adolescência em Évora: a poetisa apaixona-se perdidamente por um rapaz apenas conhecido, pelas suas cartas, como "José"[5]. Alberto Moutinho será o seu primeiro namorado e marido, tendo o casamento sido realizado no civil no dia de seu aniversário, em 8 de dezembro de 1913. Para isso foi necessária uma autorização judicial que atestava a sua emancipação para poder casar-se; foi sua boda na rua de Três, atualmente rua Gomes Jardim, em Vila Viçosa. Após cinco anos de casamento, vem a público, numa edição de 200 exemplares, sua primeira obra, *Livro de mágoas*, publicada com a ajuda financeira do pai.

Depois de casados, Florbela e Alberto Moutinho mudam-se para a cidade do Redondo: nesse período, ela se corresponde, em 23 de abril de 1916, com a diretora do Suplemento Modas & Bordados de *O Século*, Mme. Carvalho, que, ao ler seus primeiros versos, levantou algumas suspeitas de plágio, quando uma desconhecida escritora começa a escrever versos além do senso comum. Desse modo, responde-lhe Florbela indignada: "Tenho a consciência absoluta de os versos serem meus, sim, madame, pois que ao meu ver é uma indignidade revoltante firmar, com o próprio nome, versos alheios; e eu, ao menos por decoro, não me resolveria nunca a cometer indignidades dessas". Enviou-lhe também, para publicação,

---

[4] Esse soneto saiu no jornal *Notícias de Évora* em 2 de julho de 1916. Mas o primeiro soneto de Florbela a ser publicado foi na revista *Modas e Bordados* em 22 de março de 1916.

[5] A pesquisadora Maria Lúcia Dal Farra esclarece-nos, no *Afinado desconcerto*, quem era esse "José": "Sabe-se hoje que 'José' não passa de um criptônimo a esconder a verdadeira identidade de João Martins da Silva Marques, oriundo de Redondo, Alentejo, e que viria a se tornar, mais tarde, assistente da Faculdade de Letras de Lisboa e diretor da Torre do Tombo. Florbela teria conhecido o rapaz na Figueira da Foz onde se encontrava em casa do seu padrinho Daniel da Silva Barroso" (p. 164).

os sonetos "O teu olhar" e "Rosas". Porém, vivendo financeiramente no limite, a dar aulas no Redondo, para sobreviver, o casal retorna a Évora em 1917, para viver na casa do pai da poetisa. Florbela, como grande artista que é, deseja aprofundar seus estudos e quer ir estudar em Lisboa, na Faculdade de Letras, porém se matricula em Direito. O marido é contra, mas mesmo assim passam alguns dias na casa de amigos e familiares. Com o relacionamento desgastado e encantada por Lisboa, Florbela decide ficar na cidade e Alberto Moutinho vai trabalhar no Algarve.

Nesse intervalo, Florbela conhece o alferes da artilharia, António Guimarães, por quem se apaixona perdidamente, pedindo o divórcio em 30 de abril de 1921 e alegando aos pais

João Maria Espanca foi um dos introdutores do cinematógrafo em Portugal. Dessa forma, Florbela passa a ser sua "modelo" preferida.

descontentamento e desgaste na relação. Dessa maneira, casa-se com António Guimarães em 29 de junho de 1921, sendo necessária autorização da hierarquia militar, passada em 30 de maio de 1921. Dois anos mais tarde, viria a ser publicada a obra *Livro de Sóror Saudade*, na qual as temáticas amorosas começam a se destacar. É evidente que, no começo do namoro, Florbela trocava imensas cartas amorosas com António Guimarães. Entretanto, essa paixão avassaladora perderá o seu encanto, pois António Guimarães é um homem habituado à disciplina militar; teria, também, uma personalidade violenta e rude, ou seja, com pouca capacidade de compreender a sensibilidade de Florbela, uma mulher que estava muito à frente do seu tempo, seja pela forma com que escreveu poesias, seja pela forma com que enfrentou os preconceitos da sociedade. O que António Guimarães faz nesse período é transformar a vida da poetisa num pesadelo, chegando até a bater-lhe. Nessa época, Florbela fica com a saúde extremamente fragilizada[6], tornando-se o amor um fardo pesado em sua vida.

É nesse momento que conhece o dr. Mário Lage, médico que a acompanhou no seu período de convalescença. Após se recuperar, Florbela alega maus-tratos e pede o divórcio pela segunda vez. Em 23 de junho de 1925 é decretado o divórcio de Florbela e António Guimarães. Esses fatores influenciaram bastante negativamente a família de Florbela, ficando abalada sua relação com o pai e o irmão.

Mário Lage assume seu amor pela poetisa e casa-se com ela no civil em 15 de outubro de 1925. O casamento religioso realiza-se em 29 de outubro do mesmo ano e mudam-se para Matosinhos. Sabemos que antes de 1927 Florbela já vinha preparando aquela que viria a ser a sua última obra, *Charneca em flor* (1931), fato relatado por carta enviada a José Emídio Amaro, em 15 de maio desse mesmo ano. Mário Lage, apesar

---

[6] A saúde de Florbela fica fragilizada não só pelos problemas conjugais, mas também pela ocorrência do segundo aborto involuntário em 1923. Tivera um aborto involuntário em 1918.

de ser um homem rico, não financia a publicação de *Charneca em flor*, ficando a cargo de Guido Batelli, professor convidado da Universidade de Coimbra, que se interessara pelos versos de Florbela. Contudo, Batelli publica seus sonetos de forma indevida, alterando palavras e suprimindo considerações polêmicas de suas cartas com Florbela.

Com a morte do irmão, em junho de 1927, Florbela fica, mais uma vez, muito doente e começa a escrever uma obra narrativa (publicada postumamente), *As máscaras do destino*, em homenagem a Apeles Espanca[7]. Desiludida com o seu terceiro casamento, sofrendo pela morte do irmão querido e exces-

---

[7] Não se sabe ao certo o motivo da morte de Apeles: suicídio, por causa da morte da noiva amada, ou mero acidente de avião (Apeles era aviador). O que se sabe é que o corpo nunca foi encontrado, apenas os restos do avião, em frente à Torre de Belém, em Lisboa.

Foto doada por Florbela ao professor convidado de italiano da Universidade de Coimbra, Guido Batelli, e que hoje faz parte do espólio de Florbela Espanca na Biblioteca Pública de Évora.

sivamente debilitada por uma doença de "nervos", Florbela procura forças, mas, mesmo antes de sua morte física, no dia 7 para 8 de dezembro, entendemos que ela já estava morta, pois escreve no dia 2 de novembro de 1930, no seu *Diário do*

último ano: "e não haver gestos novos nem palavras novas!" Florbela foi encontrada morta no dia de seu aniversário, 8 de dezembro de 1930, após ingerir uma quantidade não revelada de comprimidos contidos em dois frascos de Veronal[8]. Ou seja, Florbela se suicida, provavelmente, no momento em que completa trinta e seis anos.

É em meio aos "aspectos singulares" que traz sua vida e obra que a poetisa portuguesa surge, no seu contexto histórico e literário, segundo Rolando Galvão, "desligada de preocupações de conteúdo humanista ou social"; inserida apenas em seu mundo individual, como percebemos nos vários retratos que faz de si ao longo dos seus escritos. É uma evidência presente no *Diário do último ano*:

> Que me importa a estima dos outros se eu tenho a minha? Que me importa a mediocridade do mundo se Eu sou Eu? Que importa o desalento da vida se há a morte? Com tantas riquezas por que me sentir pobre? E os meus versos e a minha alma, e os meus sonhos, e os montes, e as rosas, e a canção dos sapos nas ervas úmidas, e a minha charneca alentejana, e os olivais vestidos de Gata Borralheira, e o assombro dos crepúsculos, e o murmúrio das noites... então isso não é nada? Napoleão de saias, que impérios desejas? Que mundos queres conquistar? Estás, decididamente, atacada de delírios de grandezas!...

Apesar disso, não se coloca como observadora distante, mesmo quando parece exterior a fatos, ideias e acontecimentos de sua época, colaborando, em 1930, época do surgimento

---

[8] O Veronal era considerado um sonorífero extremamente forte e particularmente nocivo para doentes pulmonares ou cardíacos. Florbela passou a usá-lo em 1930. Em cartas, Florbela afirma que o médico constatara uma doença nos pulmões. Acreditamos que a associação desse medicamento aos cigarros que constantemente a poetisa fumava contribuiu para o seu emagrecimento e para a sua morte.

de movimentos feministas, com contos e poemas, na recém-fundada revista *Portugal Feminino*[9].

Outra questão no que toca à biografia de Florbela Espanca é o "mito" do incesto, com seu único irmão, Apeles Espanca. Maria Lúcia Dal Farra esclarece no *Afinado desconcerto* que a poetisa seria para o salazarismo o antimodelo do feminino, como também explica que o Estado Novo utiliza do profundo amor que a poetisa tinha pelo irmão, Apeles, para justificar um possível incesto. Esse fato é desconsiderado pela estudiosa, tendo em vista a análise detalhada e as inúmeras entrevistas que fez sobre a vida de Florbela Espanca. Ou seja, a política salazarista e a Igreja procuravam motivos para denegrir a imagem de Florbela Espanca, porque ela era uma mulher à frente do seu tempo, com três casamentos malfadados e um provável suicídio.

Em relação a publicações dos livros de poesia de Florbela, gostaríamos de recordar que, como coletâneas preparadas pela autora, apenas tivemos *Livro de mágoas* (1919), *Livro de Sóror Saudade* (1923) e *Charneca em flor* (1931-póstumo). Mas depois do sucesso da primeira edição de *Charneca em flor* (janeiro de 1931), Guido Batelli publicou um conjunto de poesias inéditas a que deu o nome de *Juvenília* (1931), precedido dum estudo crítico. Depois, saiu uma segunda edição de *Charneca em flor*, com outro livro como apêndice, organizado por Batelli, que o intitulou *Reliquiae* (1931), um conjunto composto por sonetos isolados encontrados pelo professor depois da morte da poetisa, mas que não foi preparado para publicação pela autora. Florbela é autora, além de livros de poesias, de dois livros de contos póstumos: *As máscaras do destino*, de 1931 (e não de 1932, como afirma Maria da Graça Orge Martins, na "Introdução dos sonetos de Florbela Espanca", da Biblioteca Ulisseia de Autores Portugueses, s/d, p. 14); da obra *O dominó*

---

[9] A primeira colaboração de Florbela foi no número 2 de 1930, com o conto "À margem dum soneto".

preto, de 1982; e de um diário, *Diário do último ano*, publicado em 1981; além de cartas destinadas a diferentes pessoas. Já o manuscrito *Trocando olhares*, que compreende 88 poemas e 3 contos, foi comprado por Rui Guedes, empresário português, que publicou as *Obras Completas de Florbela Espanca* (repletas, contudo, de gralhas e alterações), bem como todo o acervo (cartas, postais, histórias de colegas e familiares) e as fotos da poetisa, que publica numa Fotobiografia.

Acreditamos que há muito a ser estudado e dito acerca dos textos literários produzidos por essa mulher que já foi chamada "Sóror Saudade" pelo poeta e amigo Américo Durão, e que tinha da literatura uma extrema necessidade: "Não sei fazer mais nada a não ser versos: pensar em versos e sentir em verso. Predestinações..." Lembrando-nos dos limites entre obra, autor e produção literária, Gaston Bachelard vem corroborar Florbela e as nossas próprias indagações: "o artista não cria como vive, mas vive como cria".